三民叢刊 160

文學靈魂的閱讀

張堂錡著

三民書局印行

自序

張堂錡

今年九月，我暫離我工作了近九年的新聞職場，因著學位論文的寫作，給自己一年的時間做「專業學生」。那種快樂很難言說，大約接近於陶淵明說的「久在樊籠裏，復得返自然」，回到最素樸的生命型態，自得其樂的心境竟讓原以為苦的研究也變得充滿喜悅起來，有時想想，覺得不可思議。

閱讀的確是有種魔幻的力量，會讓人樂以忘憂，超脫現實，進入以精神構築的美麗新世界。不管你採用的是感性閱讀，理性閱讀，還是學術研究，這種樂趣總能在某一點上、某一時刻中，迎面而來，讓你覺得驚訝、新奇、興奮，甚至激動得手舞足蹈。

收在這本書中的多數篇章，大多曾讓我得到或多或少激動的樂趣。尤其是輯一中有關小說的閱讀感受，我嘗試將小說情節與作者的經歷結合，尋找出其人生關鍵的轉折，在閱讀時，我總會為一點點的發現而雀躍。這是我在中央日報副刊專欄「生命之旅」中的部分，當時有一系列的寫作計畫，終因事忙而擱下。輯二的作品，是我個人在現代文學研究之餘的副產品，從史料梳理中，整理一些自己的想法，這和感興式的閱讀、理解，態度不同，但於我而言，樂趣並無二致。鑽研愈深，愈覺得那「現代文學三十年」背後是一個無限遼闊的天地，確實值得繼續冒險下去。至於輯三的文章，則多是嚴肅的學術探討，有古典詩詞、文言小說、客家文學等，這又是一種閱讀方式，苦澀的味道有一些，但回甘的甜美力道還是強勁的。

這些深深淺淺的文學閱讀，是否能抓住作品的靈魂特質，進入作者的曲折心境，不敢斷言，但總在一個切面上，能觸及到一些些文學迷人的本質吧！

感謝李瑞騰老師，有關客家文學的文章是在他的鼓勵下寫的；也感謝王國良老師，有關文言小說的部分，是在他課堂上的研究報告；更要感謝梅新先生，輯一輯二的作品，主要發表於中副和已經結束的「長河版」上，尤其他鼓勵一個年輕人寫專欄的提攜用心，我是不會忘記的，出書前夕，傳來他病逝的噩耗，讓我震驚、感傷不已，如果過去這些年來，我有一些些的成就，我必須得說，他是極為重要的推力，因此，謹以此書獻給他，紀念我們之間長達九年亦師亦友的情誼。

一九九七年十月寫於蘆洲

文學靈魂的閱讀

目次

自序

輯一

黑暗裏的光　1
——讀愛羅先珂《枯葉的故事》

幸福的靜默　5
——讀吉辛《四季隨筆》

蘋果花飛　9
——讀高爾斯華綏《蘋果樹》
回不來的小王子　13
——讀聖修伯理《小王子》
終有一天銀線會斷　17
——讀海明威《尼克的故事》
傾聽河流的聲音　21
——讀赫曼・赫塞《流浪者之歌》
落葉青青　25
——讀安妮・法蘭克《安妮的日記》
富麗堂皇的美夢　29
——讀馬克吐溫《密西西比河上的生活》
航向科威特　33
——讀卡納法尼〈十二號病床之死〉

穿過長長的隧道以後　37
——讀川端康成《雪鄉》

輯二

旅人的顏色　41
——葉聖陶筆下朱自清的「背影」
比白話更白話　45
——陳望道與《太白》半月刊
沙土下的河水　49
——周作人對現代小品的考察
沒有曬出的底片　53
——豐子愷筆下的母親坐像
二十四橋仍在？　57
——豐子愷覺醒的揚州夢

民初教育的生動縮影　61
——葉聖陶短篇小說中的教師形象
湖水依舊在　67
——「白馬湖作家群」的遺風餘韻
算此生，不負是男兒　79
——李叔同詩詞中的入世情懷

輯三

見證生命流轉的「斜川之遊」　93
——蘇軾〈江城子〉詞
肉體經驗的懺悔錄　105
——明代禁毀小說《癡婆子傳》
明清社會的百科全書　119
——清代文言小說《堅瓠集》

明鄭史料中的瑰寶　151
——江日昇與《臺灣外記》
都來摘茶滿山香　175
——從族群融合觀點看《客家臺灣文學選》
客家文學 v.s. 客家社會　183
——臺灣客家文學中所反映的社會關係

輯一

黑暗裏的光

——讀愛羅先珂《枯葉的故事》

最近有一首歌曲深深打動了我，曲名是「春天從愛情來」。倒不是清亢柔亮的女聲，或由舒緩漸趨昂揚的旋律吸引我，而是光從曲名本身，就已經激發了我不盡的聯想及深沉的感動。

春天從愛情來，多美的意象，多理直氣壯的宣示，我相信，只要曾經愛過的人，都會同意這句話。春天的力量，可以讓大地從沉睡中一夜之間甦醒，飛鳥、舞蝶，一一找回翩翩向上的姿勢，宛如一道溫暖的天光拂遍，無限生機頓時取代了一季的死寂。

愛情，不也是一樣嗎？有人失去愛，痛苦、消沉，甚至走上絕路；有人為了愛，生命不惜，江山可拋。愛情的力量就像春天，孤寂的心靈因此得到慰藉，貧乏的人生可以變得富有，再卑賤的生命，只要心中有愛，一樣可以如天上的小星，散發出幽微卻溫煦的光芒。

在愛的世界裏，沒有一個人是殘缺的。耳聾的人，聽不見周遭的車馬喧囂，卻可以聽見內心靜靜流動的秘密；目盲的人，看不見絢麗的五光十色，卻可以看見光明的人生行路。

烏克蘭的著名盲眼詩人、小說家愛羅先珂(Eroshenko)，便是用心靈代替眼睛，在黑暗中還能看到春天的人。

四歲的時候，愛羅先珂就不幸罹患痲疹而導致雙目失明，可是此後的五十八年歲月裏，他沒有因失明而喪失對愛的嚮往，對光明的想像。甚至於，他有時覺得自己很幸運，至少在短暫的童年裏，還看過天空的顏色與母親熟稔的臉孔，而且，深深記得。

生理上的缺陷，使愛羅先珂更加追求心靈世界的完美。二十一歲時，他竟然獨自完成旅行高加索的壯舉，並且，在此後的日子裏，隻身旅行英、日、泰、緬、香港、新加坡以及中國。關心盲人教育，開辦盲人學校，創作充滿瑰麗夢想與希望的文學作品，一直到最後疾病纏身，這些工作都在他黑暗眼瞳的注視下，頑強進行著。一九五二年的冬天，他孤獨地病逝於故鄉，永遠闔上那雙只見過天空與母親的眼睛。

黑暗陪伴他度過了一生的苦難與飄泊，而愛，則鼓舞了他一生對光明不悔的追求。因為有愛，當他的眼陷入黝暗的深淵時，他的心，卻飛向如火熾旺燃燒的太陽。

他的小說《紙燈籠的話》中有一段這樣的對話：

坐在小小的船上，凝望著月亮，她驕傲地搖搖頭說：「我的燈籠的光亮比你的光亮更重要，月亮！」

「黑暗的時候，任何光亮都是重要的。」月亮傷情地回答……

我相信，燈籠的燦耀烈火，是好的；遙遠黯淡的月光，也是好的。只要有一點光，黑暗就會遠離。再有經驗的水手，每次看到燈塔迴旋的亮光，也會激動、感謝；而不論如何價值連城的黃金巨鑽，如果沒有光的照射，也只是像路邊普通的石頭，顯不出奪目的光采。

故事裏的瞎子離開了美麗的藝妓，臨走前，她給他一盞紙燈籠，燈籠裏層寫著：「我只愛你」。然後，她望著漸漸遠去的船，消失在大海盡頭，美麗的眼睛忍不住流下晶瑩的淚水。

世界上還有什麼比用愛點燃的光亮更使人感動？比充滿情意的淚水更美麗動人？

看不見春天的風景，卻能體會春天力量的愛羅先珂，眼盲一生，也心明一生。他讓心中充滿愛，再用溫暖的心代替空洞的眼，去體貼這個冰冷的世界。

對他來說，生命裏一直就不覺有黑暗，因為他總是向著有光的地方走去。有光的地方就有愛，有了愛，也就有了春天。

幸福的靜默

——讀吉辛《四季隨筆》

能擁有一顆平靜的心，一個寧謐的小天地，一段安定的生活，想來是人生極大的一種幸福。

遷徙於戰火流離的人，奔波於名利追逐的人，或者是牽掛於情愛糾葛的人，享受安靜之美，對他們而言常是遙不可及的夢想。雖然偶爾渴望，卻始終錯過。

人在世間，有多少時間能真正放下一切，打開心靈之窗，讓陽光與雨水來照亮、沖洗呢？靜默是一種幸福，可是紅塵濁世，擾攘終日，安靜的角落在那裏呢？

英國著名的作家吉辛(George Gissing)，很不幸的，也是錯過幸福的人，而且一錯過就是漫漫五十年。但幸運的是，他在晚年找回了這份本屬於自己、卻一直無緣領受的福氣，雖然只有短短五年，卻讓他無憾地、微笑地走向生命的盡頭。

似乎，整個生命的大風大浪，在他離開倫敦，搬進英格蘭埃克塞特附近的那所鄉間小屋開始，就逐漸消退、靜止。他深深訝異，這樣單純、寧靜、美麗的生活，為何以前從未發現過？

山楂花初綻的春天，他放下曾經為了溫飽而不停寫作的筆，完全無所事事地坐著，觀望著天空，看著地毯上金黃色的陽光，隨著時光的推移而微妙變化。在花園裏，他聽到鳥雀歌唱，甚至於聽到牠們的翅膀沙沙作響。他感謝地說，只要我高興，可以這樣終日坐著，並坐到更為安靜的夜晚。

在夏季的山谷裏散步，微風低吟，綠草輕柔，他相信自己能夠一直往前走，到白雲投入飛影的遙遠的地平線，而夏季的海，就在不遠的地方，平靜、沉默、閃耀著藍色的金光。深秋日落時，他在高出房屋的草場中站著，看艷紅的日輪沉進紫靄中，然後，在紫羅蘭色的天空中升起了滿月。他覺得，不論在蔚藍或漆墨的天宇下面，眼睛看不到一樣不美麗的東西。

至於下雪的冬季，他喜歡在爐火邊讀著心愛的詩篇，偶爾撥動炭火，迸跳出零星的小火花，讓自己在溫暖英格蘭春天的夢裏，走得又遠又廣。常常，書掉落地上，而夢才剛剛開始。

《四季隨筆》中的吉辛，像極了一位睿智的長者，娓娓向你描述著四季的風景變化。一朵流雲的飄動，一株小花的綻開，在他眼中，都充滿了造物主神秘的啟示，與大自然無窮的生機。靜默，使他清楚地看到這一切，領悟這一切，彷彿是一把鑰匙，塵封已久的心門，被一一開啟。

可是，年輕時的吉辛，何曾想到拾起這把鑰匙？貧窮使他幾乎餓死；與娼妓、女工的兩次失敗婚姻，使他不得不逃到意大利躲藏；狂熱投入的小說寫作，也並未使他處境好轉。憂苦與失意，使他度過了潦倒、空虛的大半生。如果不是一個相識的好友，在臨終時贈給他每年三百鎊的終身年金，使他得以揮別昔日的疲於奔命，那麼，他將永遠在物慾情海中浮沉飄盪，不知所止。而如果只是擁有這筆財富，卻沒有一顆安靜的心，那麼，財富終將散失，自然生活中的大智慧，他依然不免錯過。幸而，他把茫然流動的心停了下來，又把迷失的心找了回來，他才能在短暫的五年中，欣賞到生命中最精彩的風景。

花開花謝，日出日落，生命的開始與完成，從來就不是在喧嚷中進行，再多的呶呶不休，也改變不了春去秋來、自然運轉的長恒法則。一個懂得靜默的人，或許會更懂得幸福。

我們常說，一朵花中可以看見世界，其實，我們看見的是生命，而大千世界，正是從一朵花的生命開始。

這個生命奧祕的發現，則是從安於靜默開始。

蘋果花飛

——讀高爾斯華綏《蘋果樹》

世間事，要找出絕對的善惡、是非，難。

人性的錯綜複雜，因緣的巧合多變，使得很多的悲劇，明知可免偏不能免，幸福的追尋，迎面而來又擦肩而過。

尤其是愛情。一念千迴百轉，轉眼煙消雲散，要抓住美麗的一天已難，想擁有幸福的一生更難。幸與不幸的故事日日上演，又時時被遺忘。懂得也肯於遺忘的人是幸福的。怕只怕苦戀、癡戀，不願忘記，最後讓巨大的悲傷淹沒了自己。但是，忠於愛情、至死無悔的愛有錯嗎？忠於自己，選擇分手的愛就不對嗎？只怕都未必。

在愛的世界裏，應該只有愛與不愛，而沒有愛對或愛錯。

英國小說《蘋果樹》(*The Apple Tree*)裏的男主角亞胥斯特，最後選擇了與他階級相等、有教養、高貴的史蒂拉結婚，而拋棄了在鄉間偶遇、單純、嫻靜、美麗的梅姑。亞胥斯特在兩個十七歲女子之間矛盾掙扎，雖然他對梅姑許下承諾，但巧遇史蒂拉之後，承諾便如水晶般易碎，如輕煙般隨風而逝。這樣的選擇，不是最好的，卻是他認為合適的。至於梅姑，在愛情與生命之間，她願意以死來見證自己矢志不改的情感。這樣的選擇，也不是最好的，卻是她認為唯一的。

梅姑自沈於那棵蘋果樹旁的小河時，面帶微笑，一株小小的蘋果花，插在她的頭髮上。她記得，蘋果樹下，春天的白花盛開，亞胥斯特在擁吻中，輕摸她的頭髮說：「我們要一起到倫敦去。我將會照顧妳，我答應，梅姑。我永遠不會虧待妳！」

「只要我能跟你在一起。」梅姑無所求地對他說。她相信亞胥斯特到城裏去為她購買外衣，準備與她一起攜手出奔，卻不料這一去，就再也沒回來。只剩下魅惑的月光、柔軟的蘋果花蕊，陪伴著她的低語，迴盪在冷冷的河面上。只要在一起就好。梅姑一步步走進河裏。

這條河，曾經是他洗澡潔身的地方，卻成了她殉情葬身之處。蘋果樹下，曾經是兩人訂情、相擁的快樂天堂，卻成了無語問天的荒草孤墳。

當亞胥斯特到城裏替梅姑購衣時，邂逅了好友的妹妹史蒂拉，兩人迅速墜入情網。他決定將梅姑遺忘。怎知準備到城堡野餐、馬車在海濱步道緩緩行進時，卻看見了離家出來尋找亞胥斯特的梅姑！那真是殘忍的一幕：可憐的梅姑邊走邊張望每一張行人的臉，焦灼、無奈而辛酸，在鎮上廣漠的人海中，她永遠不知道，心愛的人正躲在暗處，看著她小小瘦弱的身軀，消失在午後街道的轉角。

三天後，他與史蒂拉一家人回到倫敦，第二年結了婚。二十五年後，在銀婚紀念日的那一天，他與妻子到鄉間寫生，卻無意中看到了蘋果樹下那座孤零零的梅姑之墓。前塵往事，瞬間如潮湧來，淚水模糊中，他彷彿又看到梅姑的臉，潮溼的頭髮上簪著一朵小小蘋果花。

「我所做的錯了嗎？」哀傷的內心不斷激動吶喊著。

故事的作者、英國小說家約翰・高爾斯華綏(John Galsworthy)，在現實生活裏也曾經這樣吶喊過。當他與堂哥的妻子艾達見面後，兩人竟一見鍾情，經過漫長的良心苛責與相思難奈之後，艾達離婚，與他相守終生。艾達就是亞胥斯特嗎？高爾斯華綏是否用《蘋果樹》發洩了自己的悔恨與深沉的悲哀呢？這些分合，這樣的選擇，到底是對是錯？如果再回到從前，他們會選擇不同的人生嗎？

蘋果花開、花謝、花飛，無聲飄落，回不去從前了。小說裏的亞胥斯特與梅姑，現實裏的高爾斯華綏與艾達，都只有一次選擇的機會。至於對錯，只是時光河流裏的水花泡沫吧！畢竟，愛情只是選擇題，不是是非題。生命也是一樣。

回不來的小王子
——讀聖修伯理《小王子》

我時常在想，小王子現在去了那個星球呢？他還會回來嗎？

很多小孩都和我一樣，自從認識了小王子以後，就再也忘不了他，只是，我已失去了他的蹤影很久很久。不知他和玫瑰花和好了嗎？行星上的小火山有無爆發呢？當他一個人靜靜望著落日時，是否曾經聯想起飛行員？還是，他又離「家」（其實是一顆星）出走了呢？

也許，他因為思念飛行員，曾偷偷想回去沙漠，可是整個沙漠卻籠罩在一片漫天硝煙的風暴中。在雲的上端，他看到飛彈呼嘯而過，攻擊者與攔截者在夜空中互撞、爆裂，火光映現在警報聲大作下倉惶無助的小孩眼瞳中；兩百多萬如潮湧動的難民，在風雪中翻山越嶺，淚水滴落在冰冷的絕望裏；熊熊烈焰衝天的油井，矗立在死寂無垠的沙地，像一隻隻垂死掙扎的火龍。那隻曾經因為被一頭金髮的小王子馴養，從此愛上金黃色麥田的狐狸，久已聽不到麥田裏的風聲；而認為「在人群中一樣寂寞孤獨」的蛇，也因為沙漠突然闖進百萬大軍與隆隆坦克，已經在塵土中寂寞死去。數萬名飛行員在沙漠上空穿梭往返，執行任務，可是，沒有一個是小王子熟悉、喜愛，因而不辭千里回來尋找的人。

那一年，小王子傷心揮別他的家，開始周遊列星，最後來到一座「很受大家推崇的行星」——地球。在杳無人煙的沙漠裏，和因飛機失事而墜落的飛行員，相處了短短八天時間，由陌生、熟稔而信任，最後依依不捨。當小王子如樹木一般，輕輕倒地，幻化成一道黃色光影飛天而去時，飛行員難過得說不出話來。幾年後，他在書中寫下內心誠摯的祈求——「如果有一天，小王子回來了，請寫信告訴我，以安撫我那顆憂傷的心」。但他做夢也料想不到，小王子回來了，卻在漫天綿密火網中、地雷處處的廢墟裏，找不到一處安全降落的地方。

故事中的飛行員，正是現實中的作者安東尼・聖修伯理(Antoine de Saint-Exupéry)，他在一九三五年駕機從巴黎飛西貢，試圖刷新此一航線飛行速度的記錄，不幸在沙漠墜機，因而遇見了小王子。二次大戰爆發後，他雖已年逾四旬，卻仍堅持回到沙漠參加飛行作戰。一九四四年執行偵察勤務時飛機失蹤，下落不明。我每次看到這一段介紹，心裏就有一股難言的竊喜，像懂得了一樁祕密。他堅持回到沙漠，為的不就是尋找小王子嗎？而飛機的離奇失蹤，我也合理地推想他是終於實現了願望。

此刻的他們，也許正在小王子那座小小的星球上，歡樂無憂地照顧著僅有的三座小火山及一朵美麗的玫瑰花，更可以相偕欣賞一天四十四回的落日，對他們而言，這平凡的一切正是夢寐以求的長恒與豐美。

但是也可能，飛行員在失事中確已血肉模糊地死去，而小王子呢？依然在星際間漫無邊涯地流浪著。從離「家」（其實是一顆心）出走的那一天起，他就再也找不到一處靜謐、無憂的歸宿。雖然有億萬個小孩子想念他，但是一旦「長大」的魔咒生效，心裏就再也挪不出位置接納他，即使是一方小小的角落。我曾經希望自己不要這樣，但我還是長大了。

當我大聲喝斥在巷口喧鬧跳繩的小孩住口，當我以成績高低判斷一個學生品行的優劣，甚至憑衣著、名片頭銜來衡量一個人成功與否時，我知道我變成大人了，雖然我偶爾會想起小王子，但他那五億個小鈴鐺般的笑聲，卻再也聽不見。

小王子回不了沙漠，飛行員找不到小王子，而我，也回不了童年。

終有一天銀線會斷

——讀海明威《尼克的故事》

死亡的恐懼突然間閃掠過尼克的心頭。

暗夜。森林。篝火奄滅。沈沈死寂。尼克覺得死亡就在帳篷外伴著狼嘷狐鳴，一聲聲、一步步地逼近。他緊閉眼睛，想起父親划船去釣魚前對他所言：如果發生任何事，用來福槍鳴射三響，他會立刻趕回來。

於是，他起身拿起父親送他的來福槍，槍口朝外，用顫抖的手向無垠遠方靜靜扣下扳機。

子彈呼嘯飛過巴黎多雨的星空。

年輕的海明威帶著一些短篇，到巴黎會見了美國作家史坦茵、龐德、喬艾斯等人。史坦茵女士高傲地說：「你們都是迷失的一代。」但海明威卻擁抱著他的第一任妻子海莉說：「我們不是，我知道我在那裏，我在巴黎，而且現在正在下雨。」

他專心寫作，用小刀削鉛筆寫稿，專注而虔誠，鉛筆屑積累成心靈萌芽的厚土，而泥土中不怕迸不出生機盎然的花苗；他也親赴戰場作戰，在前線出生入死，身上一共中了二百二十七塊碎砲片，腿部被機槍射傷，但他面對死亡，絲毫不覺恐懼。

尼克則不然。有一天，他在教堂做禮拜，唱起一首讚美詩「終有一天銀線會斷」，他突然就明白自己終有一天會死去，這令他害怕不已。於是，他起身拿起來福槍，槍口朝外，在帳篷前射出了第二發子彈。

子彈呼嘯掠過非洲青翠的山谷。

精力旺盛的海明威與其第二任妻子寶琳正在東非狩獵。他喜歡打野牛、犀牛等猛獸，也不放過豹、羚羊和獅子。他尤其喜愛在最近距離射殺獅子。他牢記非洲蘇馬利的諺語：一個人面對獅子會害怕三次，一是見其足跡，再來是聽其吼聲，最後是與獅子面對面時。而只有與死亡面對面，海明威才相信生命存在的意義。他認為一個人能掌握死亡，就能擁有神的特質，因此，他以劍鋒迎向鬥牛、用滑雪向高峰挑戰、在拳擊臺上猛攻、在賽馬場上衝刺，甚至於，不斷參加血腥的戰爭，在槍林彈雨中舔嚐死亡的滋味。對海明威來說，面對死亡，是生命中最美好的事。

但對尼克來說，死亡卻是恐懼而神祕的。當父親帶著他到印第安人的營地去為一名婦人開刀分娩時，他目睹了那個躺在上舖，聽妻子難產呻吟的丈夫，用剃刀猛力割斷咽喉自殺。尼克不明白為何有人要自殺，父親說，可能是受不了。那是不是許多人都會自殺呢？父親笑著回答，不會是很多人。父親把那個印第安人的頭扶正，血沿著床緣滴淌下來。海明威聽見父親對他說：「只有懦夫才自殺，你要永遠記住。」然後，海明威二十九歲那年，他父親在橡樹園家中用手槍自殺。

尼克相信他父親聽見三聲槍響就會從湖的那端趕回來，於是，在帳篷前，他再度以顫抖的手，靜靜扣下第三發子彈的扳機，只是這一次，他槍口朝向自己的太陽穴。

子彈呼嘯飛過哈瓦那向晚的漁村。

他變成了一個老人。獨自划著小船在墨西哥灣大海流捕魚，漫漫四十八天，一條魚也沒有捕著，直到遇見了他的兄弟——那條大魚。追蹤、格鬥、掙扎、漂流，終於把魚叉刺進魚的身體。老人大聲吶喊著：「人可以被摧毀，但不可以被擊敗。」最後，拖著被鯊魚撕裂、吞噬的魚骨頭回到漁港，回到自己的木屋，沈沈睡去，夢中有非洲的獅子。

老邁的海明威，夢中偶爾也有非洲獅子的影像，但他現在手拿獵槍，站在窗前佇望。桌上的稿紙沒寫一個字，鉛筆屑被風吹到地上。他喃喃自語：我再也寫不出東西了，沒有靈感，不行了。衰弱、沈默、恍惚，他驀然驚覺死亡已悄悄接近，雖然他不畏懼，但絕不願如此輕易被擊敗，他要自己選擇生命結束的方式。

最後一聲槍響，在愛達華州開查姆住宅的地下室中。臉顏血肉模糊的海明威，倒在槍架前，腳旁擱著一・二口徑的雙管獵槍，槍口朝上。他的第四任妻子瑪麗對外公佈說：這是一件擦槍走火的意外事件。

只有海明威自己知道，寫完《老人與海》的故事後，他就再也寫不出好作品了，雖然他不怕死亡，但他卻害怕自己無法寫作。他可以向洶湧的大海挑戰，與獅子惡猛發亮的眼神對峙，卻無法忍受稿紙與腦子的一片空白。

而尼克更是早就知道，當他唱著讚美聖詩時，就已清楚知道，終有一天銀線會斷。海明威也不例外。

只不過，他敢於面對死亡，其實，是不敢面對失敗。

傾聽河流的聲音

——讀赫曼・赫塞《流浪者之歌》

悉達多的新生命是從認識一條河開始。

在未到這條河之前，他是個婆羅門，為了追尋自己的道路，和歌文達兩人拋棄了故鄉與家人，加入苦行僧沙瑪納的行列，用苦修來壓抑自我，想要成為「聖人」。三年後，他發現自己征服了渴求之後，新的渴求又在心中滋生，沉重的循環過程的折磨，令他充滿困惑而不得解。於是，他去追隨如來佛，但卻依然得不到寧靜，雖然他被世尊的教義與完美平靜的神色所感動，也不能使他像歌文達一樣從此接受並皈依，他只得繼續流浪下去。

流浪到森林中一條河流的面前，然後，渡過河去。一座燈紅酒綠的城市頓時包圍了他。在妓女甘瑪拉的青睞下，開始縱慾，並在商場獲致錢勢，完全沉浸在世俗名利的塵霧中。直到二十多年後的一個晚上，他和一些舞女飲酒作樂，大醉之後，突然體驗到感官的慾樂和死亡竟是如此接近，大駭之下，內心不禁激動、痛苦、絕望而無法成眠，一種極度的厭惡感衝擊著他，他開始厭惡自己。次日清晨，他黯然離開了那座充滿逸樂與墮落、榮耀與貪婪、財富與腐敗、權勢與虛幻的傷心城市，來到城外森林中，想投河自殺。

望著流動的河水，河水映照出他心靈中可怕的空虛，他想，除了埋葬自己，再也無路可選擇了。他閉上眼睛，彎下腰，準備朝向死亡，突然從靈魂深處，響起了一個字——古老婆羅門祈禱開始和結束時要唸的神聖聲音——「奧」。它的意義是「完美者」。就在「奧」的聲音觸動悉達多耳鼓的那一剎那，他沉睡中的靈魂驀然甦醒，而悚然驚覺自己行為的愚蠢。他喃喃唸著「奧」，靠在樹根上沉沉入睡。睡得很熟，沒有夢，一睡就好幾個鐘頭。當他清醒的那一刻，覺得好像已經過了十年，而以往的生命像是一個遙遠的化身，那場長睡正是一次又久又深的唸「奧」，醒來之後，他變成了一個新的人。

新生命立刻昂揚起來，他開始懷著感謝的心聽一隻蜜蜂在嗡嗡叫，發現過去從來沒有聽到這麼美的流水聲音。舊的悉達多在河裏淹死、隨波而去了，新的悉達多決心留在河邊，向它學習。

他找到二十多年前送他渡河的擺渡人瓦樹地瓦，擺渡人凝神細聽完他的陳述，這令悉達多很訝異，他說：「我從來沒有遇見像你這麼曉得聽人說話的人，這一點我要向你學習。」但瓦樹地瓦說：「不是跟我學。這條河教了我聽，這條河懂得所有的事，人們可以從它那兒學習一切事物。你已經從河水那兒學到了一些事情，明瞭了向下努力、沉潛、尋找深處是好的，你曾經高貴、有學問，但如今想要成為擺渡的人，這就是河告訴你的。」

日子一天天過去，悉達多不停地向這條河學習，尤其是向它學習如何去聽，如何用平靜、等待、開放的心靈去聽，不帶激情，不含願望，沒有判斷，沒有意見。悉達多的笑容愈來愈像擺渡人的笑容了。

幾年之後，瓦樹地瓦走入森林，不再回來。悉達多成為這條河上的擺渡人。歌文達聽人談起有一位年老的擺渡人是位智者，於是他前去拜見，才發現竟是悉達多。這時的悉達多，心中已無幻像，眼瞳中閃現著和平的光輝。他說：「也許大思想家認為，他們重要的任務是透視這世界，解釋這世界。但對我來說唯一重要的是，要能愛這個世界，用讚賞和尊重來對待這世界。」

一張輕柔、寧靜、安詳的微笑臉孔，在緩緩流動的水面上映現，歌文達覺得，正和世尊以前笑的樣子一模一樣。

一場生命追尋的旅程，停止在一條河的面前。

悉達多這樣漂泊不安的風暴，早年的赫曼・赫塞(Hermann Hesse)也經歷過，他十五歲休學、自殺未遂，十六歲離家失蹤，三十九歲甚至住進了療養院醫治。他寫《流浪者之歌》(*Siddhartha*)一書，藉悉達多尋找、迷失、毀滅、重生的歷程，描繪了自己心境的掙扎煎熬與流轉昇華。對他而言，婆羅門、沙瑪納、如來佛、擺渡人，乃至悉達多，其實都只是一條奔流不息的河水。所有的聲音，懷念與悲傷，善良與邪惡，一切都是人生音樂合奏的歌，這首歌似由千萬種聲音構成，但仔細聆聽，不過是一個字——「奧」。

「大師」常常只是幻影，是非成敗亦不堪歷史淘汰，我們何不放下心來，欣賞落花宛轉的身姿，體貼一塊石頭的溫度，或者，傾聽一條河流的聲音呢？

河並不遠，只要虛心地走向它。

落葉青青

——讀安妮・法蘭克《安妮的日記》

一直覺得，戰爭所帶給人類最大的破壞力，並不在於建築物的傾毀、財產的喪失，或者是人命的犧牲，而是戰爭會使人性墮落、人心邪惡，最後導致人間失去愛與正義。

而人類最可貴的，正是處在於死亡、恐懼的陰影中，依然能夠堅持人性的光輝與高貴的精神，這也是黑暗時代終將過去的一線曙光。道義、真理、善良、和平，是上帝賜給人類度過災難最重要的一股力量。

從蠻荒時代與洪水、猛獸搏鬥開始，人類就不斷的在災難中學習、成長與進步，但是，一場接一場，更殘酷、更具規模的戰爭，卻從未中斷上演，後來，人們終於明白，最大的敵人，不是大自然，而是自己。許多無可彌補的災難，往往是人類自導自演，一手造成。

最不幸的是，少數人的喪心病狂，竟導致天下黎民水深火熱，苦不欲生。一部人類進化史，說穿了，不過是上層權力的不斷搶奪、轉移，下層百姓的不斷被漠視、踐踏。《安妮的日記》，正是民間血淚的斑斑戳記，是一個天真少女對天理、人性最大的質疑與控訴，令人動容，更引人深思。

為什麼人類不能和平相處，總是自相殘殺？為什麼為了戰爭，花費再多的金錢也在所不惜，卻不肯用這些錢做醫療設施，或是捐助藝術家與窮人？世界上有充足的食物，但有的放到腐爛，有人卻又必須餓死，人類為何如此瘋狂呢？

她只有十三歲，一團火似的青春正待燃燒，快樂與幸福曾經圍繞著她，直到她住進「隱密之家」為止。二次大戰期間，為了逃避納粹的追捕，身為猶太裔的安妮一家人，在無路可逃的情況下，留在荷蘭的阿姆斯特丹，透過「自由荷蘭」地下團體的協助、掩護，躲藏在一所古老辦公室的頂樓，兩年多的日子，完全在他們自稱的「隱密之家」中度過。為求生存，他們願意放棄自由，與世隔絕，但令人悲嘆的是，企盼已久的自由即將到來之際，他們仍逃不過被發現、逮捕的厄運，最終又失去了生命。

我不是不明白，在戰爭中，人命的價值有時其實卑微得像一顆泡沫，一株野草，但對一位純潔、可愛、堅強的少女之死，我仍不禁會心痛淚落。兩年的時間，她由嬌寵、安逸中墜入恐懼的深淵，每天提心吊膽度日，所謂青春，所謂幸福，已成為夢中虛幻的渴求。一有陌生的腳步聲接近，她就宛如驚弓之鳥；全家人的廢棄物必須用火燒掉，不能留下任何痕跡；不能上學，不能吹口哨、騎腳踏車、跳舞，甚至於不能大聲說話；有病無法就醫，咳嗽聲怕引人注意，必須用毛巾把嘴巴摀起來；食物常是單調、腐爛的；祈禱的盟軍登陸作戰也遲遲不開始。這一切都足以令人沮喪、憂鬱，甚至崩潰。但是安妮沒有。

她最擔心與痛苦的，是家人的互相詰難、爭吵，內心情感無處渲洩，也得不到別人的同情、諒解。這場戰爭的恐懼使她迅速成熟，日夜思考使她突然長大，但其他人不知道，包括她的父母。從窗縫中眺望天空，她獲得內心的平靜與更堅強忍耐的信念，她深切體認，必須要咬緊牙關，不能隨便落淚，因為，猶太人沒有哭的權利。

她不再嚮往過去無憂無慮的生活，那段生涯在她的記憶中，已經永遠過去，不再回來。她只希望，能接近天空、接近自然，雖然，明亮的陽光、湛藍的晴空、輕拂的微風，只能在漆黑的屋內，隔著玻璃去感覺、去想像，但至少，她懷抱著這樣的希望，勇敢地走過孤獨、絕望的死蔭幽谷。

也只有希望，才使人不論處在任何惡劣環境，面對任何悲傷都能得到安慰吧！

迥異於今日活潑、快樂的少女，安妮在一九四二年至四四年間，歷經了一生中最風暴、掙扎、安靜與痛苦的時光。說是一生，其實她只活了十五年而已。美麗的憧憬還在編織，那場毀天滅地的浩劫已隨著持槍的秘密警察向她襲來。

一九四四年六月六日，近代史上著名的「D日」，聯軍反攻作戰正式開始，一萬一千架飛機不斷升空，四千艘艦艇如潮登陸，猛烈的戰鬥意味著勝利即將來臨。

然而，一九四五年三月的某一天，安妮在集中營內因傷寒孤獨地死去，除了她倖存的父親與那本記載了兩年生活的日記之外，「隱密之家」的其他七個人全部罹難。也就在那一年，聯軍收復了荷蘭。

被押離「隱密之家」的安妮，沒有呼吸過一絲自由的空氣。集中營被層層鐵絲網圍住，火葬場的大煙囪冒出濃濃的黑煙，在絕望中死去的安妮，依然看不到她夢想中藍色的天空、落葉飄飄的栗樹以及飛翔的海鷗。

在人世間，就是被許多人愛著也是會寂寞的，何況只有一個人。

數十萬架飛機、艦艇，上百萬大軍，正在遠方廝殺，喧天轟炸聲中，沒有人聽見一個少女傷心的哭泣。她只有十五歲，像一片發亮的綠葉，被命運無情摧殘，然後，無聲飄落。

富麗堂皇的美夢

——讀馬克吐溫《密西西比河上的生活》

據說，密西西比河流域佔地一百二十五萬平方哩，從流域的廣袤來說，僅次於亞馬遜河流域，為世界第二大流域。它包含了四個奧地利，五個德國或西班牙，六個法國，十個不列顛群島或意大利，被稱為是「美國的軀體」。

但對馬克吐溫而言，這條如碧海寬廣，如星河綿遠的大河，不僅是美國交通的大動脈而已，它更是成長的鄉土，童年的記憶，或者說，是他一生中，永不忘懷的瑰麗美夢。當他站在密西西比河畔，望著那奔湍的水勢，一個富麗堂皇的大夢便會在水中湧出，與風一起如箭飛行，飛到不可知的深邃遠方，想像的國度。

馬克吐溫沒有一刻忘記過密西西比河，這條河充滿了吸引人的生命力，他的快樂與哀傷，河水，一直是最佳的見證。也許，密西西比河該算是世界上最快樂的一條河吧！因為，很少人會像馬克吐溫一樣，樂天、冒險、自由，而且幽默。這些無憂的質素，正是來自這條河上繁複的風景。雲影天光，粼粼閃出的，是繽紛的夢想，而夢想，使他嗅到河上清風的甜香，也看到了莽林平野背後升起的朝暾旭陽。

水流無盡，他的夢想也從不停止。

密西西比河沿岸的泥土營養豐富，馬克吐溫說：「一個喝密西西比河水的人，胃裏都可以長出穀子來！」沿岸居民因此而獲得物質上的豐收，但馬克吐溫，卻能使這條河變成全世界人類性靈的依靠，每個人都可以在《湯姆歷險記》裏看到自己的影子，從《密西西比河上的生活》書中，找到自己曾經擁有、卻失落許久的清純、真實與希望。

這條河，就像一本神祕的書，有人匆匆瀏覽，覺得只是一種古文死語，而對肯駐足品味的人，河卻可以毫無隱藏地全盤托出，清楚地傳達出那些最深藏的秘密。而且，這不是一本讀一遍即可丟開的書，因為，這本書每天都可以告訴你一個新的故事。

故事中有探險隊、筏夫、水手、海盜、鬥雞者、魔術家，還有粗暴的普拉溫、總是借錢的史提夫、膽小的船長、賣棺材的J.B.、一起見習掌舵的多姆等，各式或風趣或狡猾的人物。當然，和他一起沿著密西西比河航行五千哩，我們也可以宛在眼前地欣賞新奧爾良、辛辛那堤、聖保羅、聖路易等沿河城鎮的昔日景致、傳說與風土人情。

隨著冒險的一步步前進，一個廣大神祕的新世界逐漸揭開，我們彷彿走進了充滿朦朧陽光、溫暖空氣、柔嫩枝葉、含苞花叢中的璀璨花園，領略全新的經驗洗禮，使自己眼界一開。那種感覺，使人好像又變成一個小孩，一切人生的風雨起伏，其實，不過是孩子遊戲之後，累倒在樹底下安然小睡時所做的一場大夢而已。

別問馬克吐溫要去那裏？他總是向前航行。如果追問前方有什麼好風景，他一定會朝著你微微一笑，然後俯身輕輕告訴你，夢，美麗的夢，富麗堂皇的美夢。

回頭看去，人像歷史煙塵中的一粒小砂，但是，再卑微的生命，也不會永遠都是黑白單調的，因為，每個人天生都有一顆冒險的心，一個等待在前方的夢想。肯冒險尋夢的人生，本來就應該是光彩四射的。

只是，春風秋月等閒過，曾經薄衫年少，曾經編織憧憬，經過這許多年，如果馬克吐溫在船上用力拉響汽笛，向我揮帽招手，我恐已不知，要上船？還是留在岸上？

或許，當我可以脫口說出許多堂皇理由的同時，正意味著，我已經失去富麗的夢想了。

航向科威特

——讀卡納法尼〈十二號病床之死〉

這一切都得歸咎於那個酷熱的早晨，在敲門之後，突然出現的一雙美麗眼睛。僅僅幾秒鐘的暈眩，竟開啟了一個年輕生命的漫長跋涉，也埋葬了一個寂寞心靈的孤苦追尋。

暈眩之後，不曾有過的喜悅襲上心頭，穆罕默德・阿里・阿克巴度過了最不平靜的一夜。第二天早上，悽惶地在大街小巷轉來轉去，不時看看自己的影子，巴望著時光飛逝。經過了像是永恆那麼久，他跑回家去，為他赴女孩家提親的姊姊卻用難過的眼神望著他，因為，女孩的父親堅信他就是以偷羊為業的流氓——穆罕默德・阿里——和可憐、憤怒、冤枉的年輕人只差了一個字。從那天起，他拒絕任何其他的叫法，除非喊他的全名：穆罕默德・阿里・阿克巴，否則一概不應聲，這成為別人不解的習慣，一種充滿憤懣的軟弱抗議。

阿布卡鎮對他而言，逐漸變成墳場，報復之念也悄然滋萌。他想起那個披著一條雪白滾金邊的駱駝毛圍巾，離鄉多年後，驕傲地回來娶走全村最漂亮女孩的名人。還有比這更快意的報復手段嗎？屆時所有不相信他不是那個流氓的人，都將會為他們的錯誤付出懊惱、惋惜的代價。

於是，他揮別貧窮的家鄉，跳上木船，離開了阿曼，航向科威特——他心目中財富如山的黃金之地。阿曼灣在決絕的誓言中漸漸消逝，北方壯闊的波斯灣濁浪排空，可是，他覺得希望將會在海的那一端升起。三天之後，終於到達了他理想的夢土。當停泊在科威特港口的船帆映入眼簾，他突然發現五彩繽紛的夢變成一幅幅真實、可見的風景，不再是熟悉的阿布卡，這使他覺得驚訝，並逐漸害怕起來。穿梭擁擠的街道、高聳連雲的建築物、灰色分割的天空、炙熱乾燥的北風，還有一張張擦肩而過的冷漠面孔，一下子，夢裏編織的天堂變得好遙遠，站在不知何去何從的街頭，他開始暈眩。

日落時，他回到海邊，凝視著清晰卻又迢遙的地平線，他彷彿看到了地平線外、環繞在寧謐之中的阿布卡，這是第一次，他舉起手來擦拭臉上的淚水而不覺得羞恥。

這是巴勒斯坦作家卡納法尼(Ghassan Kanafani)小說〈十二號病床之死〉中的部分情節，故事才進行一半，但我已忍不住為這份純真、無助、而又悲壯的感情泫然掩卷。當然，這情節只是小說中主人翁的虛構，而小說又是卡納法尼的虛構，沒想到虛構的虛構，竟比真實還真實，這也許就是小說既弔詭又迷人的魅力所在吧！

一如許多飽嚐奚落、啃囓寂寞的異鄉人，他開始扭曲自己，適應新生活，每天騎腳踏車送貨跑腿。不久，他存了一筆錢，就趕緊去買了一條白色半透明的駱駝毛披肩，鑲金邊的。每天晚上睡前，他一定要拿出摺好的披肩，用手輕輕觸摸，並對著它吐露卑微的夢想，回憶著故鄉的每條街，和門後那女孩清澈的眼睛，只有這樣才能睡得香甜。

可是，榮歸故里的幻想才開始，命運已經狠狠地嘲弄，並且遺棄了他。一晚，騎腳踏車回家時，他的四肢突然燒燙，虛弱顫抖，劇烈的暈眩又再度襲來，他覺得自己站在海邊，陽光熾烈，一群穿白衣的人都跑來圍在他身邊。海水漲起來了，淹沒了身體，變得好冷好冷……

懷抱著一個初始美麗的夢，在他嚥氣的前一刻，依然用手緊緊抓住裝有金邊披肩的木盒，暈眩了幾秒鐘，他的眼睛才緩緩閉上。病床前掛著的名牌上寫著：「穆罕默德・阿里・阿克巴。白血球過多症。」醫生說：寫上全名，那是他生前唯一堅持的要求。他終於死在科威特的一家小醫院裏。

繁華的不夜城科威特，在未遭侵略之前，曾經是他進行報復的希望所寄，最後卻成為他憾恨撒手的傷心地。對伊拉克的狂人胡辛而言，科威特的耀眼財富令他暈眩了不只幾秒鐘，但是，一樣成為他黯然退出的羞恥舞臺。

穆罕默德·阿里·阿克巴的暈眩是為了愛情，沙達姆·胡辛的暈眩則是因為野心。現實一如小說情節，阿里·阿克巴不該去敲那扇門，更不應該航向科威特。胡辛也是。

穿過長長的隧道以後

——讀川端康成《雪鄉》

穿過長長的隧道以後，雪，緩緩飄下。

駒子以柔婉的歌聲，伴著潔澈如冰的三弦琴音，島村出神地望著她。在他的眼中，這位令他千里迢迢從東京坐車前來相會的藝妓，彷彿正用弦音彈撥出內心深處無盡的寂寞與溫柔，那麼天真，那麼乾淨，像雪。

「在這樣的日子裏，連音色都不一樣呢！」駒子仰頭望了望雪後的晴空，突然說了這麼一句。

是的，日落，雪明，還有天籟般的樂音與酣濃如酒的思念，一切都不一樣了。

島村不知道她為何如此迷戀自己？連陪酒的空檔也偷溜出來看他，即使醉酒，也願意在暗夜中穿越樹林到他的旅舍，與他相會，既不畏懼別人的流言蜚語，天亮前又必須急急離開，所有的不尋常，為的只是要看他一眼。如此簡單，卻又如此完滿，這令島村不得不感到心動，以及心痛。

因為，駒子其實是孤獨的，雖然她在島村面前，毫無保留地傾盡熱情與摯愛，但是，她深深感覺到，生命的悲哀與內心茫然的虛空。如同前兩次短暫的相聚，島村隨時會離開，而再見永遠是下一年後的冬天。在雪鄉中賣身為藝妓的駒子，不知道來年雪花紛飛時節，他，還來不來？或者，還愛不愛她？

她等待穿過縣界漫長隧道的那列火車，用一整年的凝望與想念。可是，這一年的晚秋，不一樣了。島村在開往雪鄉的列車上，遇見了美麗的少女葉子。黃昏的景色在車窗外移動著，島村把臉貼近車窗，發現葉子浮映在玻璃上的身影，時而清晰，時而模糊。暮景從她臉上流過，當她的眼睛，與窗外燈火重疊的一瞬間，就像在夕陽餘暉裏飛舞的嬌艷螢火蟲，那種無法言喻之美，使他內心深深為之顫動。

那些暮景的流逝，難道就是時光流逝的象徵嗎？島村喃喃自語。

在流年暗換之際，還失去了什麼？又留下什麼？川端康成用小說《雪鄉》傳達了讓人深喟的恒久疑惑。

駒子對島村那分特殊卻又無法掌握的愛，使她在師傅兒子臨終前，也不願回去探視，而寧願為島村送行到車站；葉子對師傅死去兒子的宿命悲情，轉化成對駒子的敬恨交纏；而有一顆流浪的心的島村，卻經常在面對駒子熱烈的激情中，昇起一股莫名的虛幻之感，葉子與他之間，則始終是淡漠、遙遠地好像不相干。這一切一切，都讓人產生一種不真實、不確定的感覺，雖然，銀河、萱花、三弦琴音、窗上的死蛾、雪地的縐紗、草香葉綠的後山等等，都是實景，但是，宛似鏡花水月的三個人，最後沒有一個人得到夢寐以求的真正快樂。

一動一靜，一奔放一內斂，駒子與葉子有著不同的生命流向，但結局並無二致。那場烈焰沖天的蠶房大火，燒掉了雪鄉的寧靜世界。葉子在火中從二樓輕輕墜下，沒有聲響，只有撲撲閃閃的火苗，以及倒下著火的木頭，打在她的臉上，繼續燃燒。那一瞬間，島村想起了在火車上山野的燈火映在葉子臉上的情景，火光中，彷彿同時照亮了他與駒子曾經共度的歲月。

駒子從島村身邊驚呼飛奔而出，將葉子拚命由火場中拖出，抱起，大聲嘶吼著：「她瘋了！她瘋了！」在駒子掙扎痛楚的臉色之下，葉子垂下她那臨終哀傷的臉。

一場大火，積雪蒸融了。葉子在驚怖中失去生命；駒子滿懷愧疚，失去了平靜；島村仰看一天銀河閃爍，發現自己又被無邊的孤獨密密籠罩。艷紅的火苗直竄遠上，他們三個人，一時間都失去了愛與被愛。

雪，一樣飄落，悲劇也正在發生，但是，一開始結局就已命定，愛情終將幻滅。

島村，荒島孤村；川端，孤獨地立在川河的一端。

一歲失怙，兩歲喪母，七歲祖母過世，十五歲祖父病歿，一直在尋找愛，卻又一直失去愛的川端康成，好像很早就看清楚，美麗之後總是哀愁，榮耀之後常是失落。

穿過長長的隧道以後，島村終於明白，情慾糾葛、繁華人世，其實恍若一夢。暮景流逝，時光流逝，所有的青春、紅顏、愛恨、悲喜也隨之流逝，只剩下迎面撲來的風，狂亂、猛烈，但一下就過去了。

穿過人生長長的孤寂之後，昭和四十七年，獲諾貝爾文學獎後的四年，七十三歲的川端，以「希望做一位新作家」為題發表最後一次演講。不久，在公寓房間中以煤氣自殺身亡。

我不知道，在煤氣瀰漫中，他是否回到了茫茫冷冷的雪鄉？在他纖細多感一如女子的眼瞳中，又閃現了何種絕望的神采、人世的留戀與美麗的哀愁？

紅葉落盡。穿過長長的隧道以後。

雪，依然在下。

輯二

旅人的顏色

——葉聖陶筆下朱自清的「背影」

在現代散文史上，朱自清與〈背影〉恐怕已成為密不可分的一體，他的這篇代表作，篇幅不長，也沒有華麗的文采，卻能散發出極大的感人力量，堪稱是描繪父子親情最成功的作品。在文中，朱自清準備回北大上課，與準備到南京謀事的父親小坡公在浦口車站分別。依依離情，在穿著黑布大馬褂、深青布棉袍的父親穿過鐵道、爬上月臺去買橘子的那一刻洶湧翻擊，令朱自清不能自抑地流下淚來。

朱自清筆下的父親背影，是「肥胖的身子」，是蹣跚的步伐，是在來往人群裏東奔西走的「頹唐」，簡單的敘述，卻能將父親一生為家庭不停奔波的犧牲，形象鮮明地呈現出來，而讓讀者和作者一同沉浸在「晶瑩的淚光中」，恍若見到他父親逐漸老去的身影。

寫「背影」如此出色的朱自清，其實早在他寫此文（一九二七）的幾年前，其背影就曾被他的摯友葉聖陶以〈與佩弦〉一文作了生動的描摹（收入葉氏《未厭居習作》），不同的是，朱文刻劃的是父子親情，而葉文則是如水之交的友誼。在葉聖陶的筆下，朱自清在車站與他話別的背影有著另一番動人的景致。

朱自清與葉聖陶相識甚早，一九二一年秋天，兩人同在中國公學教書，後來又一起辦過《詩》月刊等雜誌，也在白馬湖、立達學園時期有密切的往來，秉燭夜談，相知甚深，只不過因工作關係，經常匆匆相聚，又很快天各一方。即使如此，兩人每次短暫相處時「晤談的愉悅」卻令葉聖陶回味不已，覺其滋味「如初泡的碧螺春，一一雋永可喜」。透過葉聖陶的觀察、體會，朱自清那「認真」又「慌忙」的性格、神情躍然紙上。他提到，朱自清每次從杭州到上海總是慌忙的，「顴頰的部分往往泛著桃花色；行步急遽，彷彿有無量的事務在前頭；而遺失東西尤為常事，如去年之去，墨水筆筒小刀都留在我的桌上。」因此，他借用了周作人的「永遠的旅人的顏色」一語來形容朱自清慌忙的神情。

照葉聖陶的看法，朱自清的慌忙，有一部分的原因在於「認真」：「其實豈止來上海時，就是在學校裏，課前的預備，我見你全神貫注，表現於外面的情態是十分緊張；及到下課，對於講解的回省，答問的重溫，又常常紅漲著臉。」正由於這種「認真」，「自然見得時間之暫忽。如何教你不要慌忙呢！」三言兩語，就把朱自清急切又慌忙的神態勾勒得十分具體而生動。

朱自清在〈背影〉中，對他父親在旅館、車站的「表現」似乎不甚滿意，總覺得「迂」，認為自己「這樣大年紀的人，難道還不能料理自己麼？」可是，一旦自己打理行李時卻是「旅館的小房間裏，送行客隨便談說，你一壁聽著，一壁檢這件，看那件，似乎沒甚頭緒的模樣。」到了車站，「你悵然地等待買票，你來回找尋送行李的館役，在這黃昏的燈光和朦朧的煙霧裏，『旅人的顏色』可謂十足了。」看到朱自清擔心行李的慌張模樣，葉聖陶等送行的人也跟著有些不安，「幾個人著意搜尋，都以為行李太重，館役沿路歇息，故而還沒送到。那知他們早已到了，就在我們旋旋轉的那塊地方的近旁。這可見你慌忙得可以。」從這裏我們看到了朱自清慌張與認真的一面。

文章的末尾則進一步地描敘朱自清與葉聖陶等人在上海火車站依依不捨的情誼，是全文精彩之處，也是朱自清所留下的一個令人難忘的背影：

幸而都弄清楚了，你的兩手裏只餘一只小提箱和一個布包。「早點去占個坐位吧！」大家對你這樣說。你答應了，顛（點）頭，卻回轉身，重又顛頭，臉相很窘地躊躇一會之後，你似乎下了大決心，轉身逕去，頭也不回。沒有一歇工夫，你的米通長衫的背影就消失在站臺的昏茫裏了。

葉聖陶當然不像朱自清看著父親的背影「眼淚又來了」，但可以看出他對這份友誼的珍視與念念不忘，透過這篇洋溢濃烈思情的書信散文，我們也彷彿看到了朱自清慌張的背影，清晰的旅人的顏色。

比白話更白話

——陳望道與《太白》半月刊

「五四」新文化運動健將之一的陳望道，是知名的語言學家、教育家，民國二十一年出版的《修辭學發凡》一書，奠定了他在學界的地位。劉大白稱譽此書為「中國第一部有系統的兼顧古話文今話文的修辭學書」，而鄭子瑜更贊揚他為「中國有史以來最偉大的修辭學家」。且不論是否過譽，至少此書的出版，確實為我國修辭學的研究開拓了新的境界。

民國二十三年六月，陳望道、葉聖陶、陳子展、夏丏尊等人與汪懋祖、許夢因等人掀起了一場聲勢浩大的文言白話論戰，不久，以標榜「大眾說得出，聽得懂，看得明白」的「大眾語運動」成了這場論戰的核心問題。陳望道等人的策略是，希望藉發起一場「比白話稍進一步的文學運動」(即大眾語運動)，來形成以攻為守的局面，與汪懋祖等所謂的「復古派」較量。

果然，有關大眾語問題的討論，在《申報》副刊〈自由談〉的帶頭下很快便在全國範圍內展開，參與人數之眾多，陣營之複雜，涉及問題範圍之廣泛，論辯之熱烈，以及發表文章數量之多都是十分罕見的，可說是繼「五四」白話文運動之後的又一次語文問題大論戰。

在這場論戰中，陳望道等為了要有一個自己發表意見的陣地，要有一個實踐大眾語的刊物，於是決定創刊《太白》雜誌。其編輯委員陣容頗為堅強，署名的就有傅東華、鄭振鐸、朱自清、黎烈文、陳望道、徐懋庸、曹聚仁、葉聖陶、郁達夫等十二人；至於特約撰稿人列名的則有艾蕪、巴金、冰心、豐子愷、沈櫻、朱光潛、趙元任、老舍等六十八人，足見這份雜誌在論戰中的重要性與代表性。

陳望道在創辦這份刊物時，從其命名「太白」即寓有深意。首先，太白俗稱太白金星，太白晨出東方為啟明，因此又叫啟明星，以喻黑暗的逆流即將過去，光明在望；其次，太白的「太」可作「至」字講，白就是白話，「太白」即至白、極白、比白話還要白的意思，表明要通過「大眾語運動」來反擊復古運動；第三，「太白」二字筆劃極少，符合漢字簡化、改革的主張。這個名稱是由陳望道提出並得到魯迅的贊同。

《太白》雜誌創刊後，揭示革命，提倡科學。其中的「科學小品」一欄，在中國雜誌史上還是首創；此外，也首倡在刊物上使用民間的「手頭字」，在創刊號上發表了胡笋之〈胡愈之）的〈怎羊（怎樣）打倒方塊字〉，提倡用別字和詞兒連寫的方法來寫文章。在《太白》第二卷第八期上曾刊出一則〈我們對於文化運動的意見〉，矛頭是針對復古讀經運動的，發起者個人有王魯彥、艾思奇、伍蠡甫、老舍、陳望道等共一四八人，團體有十七個，包括文學社、文學季刊社、文藝畫報社、太白社、世界知識社等。為了躲避新聞檢查官的檢查，這則意見書，在扉頁的目錄上找不到。

這份刊物僅出了兩卷二十四期就被迫停刊了。不過，令人欣慰的是，民國二十四年三月曾出版了一本由陳望道主編的《小品文和漫畫》，這在當時是作為《太白》一卷紀念特輯出版的。陳望道在書的「輯前致語」中說：「現在是小品文和漫畫在中國的流行期，也是小品文和漫畫在中國的轉變期。種種爭論，大概都由轉變激成，並非像一般人所想像的單是為了流行。這個特輯，就是一個見證。」徐懋庸在《太白》停刊後，曾有如下的評價：「在陳望道先生獨力奮鬥之下，這刊物在這困難的一年中，畢竟還成就了許多可貴的工作。手頭字的採用和推行便是其一；其二則是編成了《小品文和漫畫》這特輯，將小品文和漫畫的綜合知識提供給讀者。」足見此書的價值所在。

總之，在那場規模盛大的語文論戰中，陳望道可說是扮演著積極、關鍵的角色，而壽命僅一年的《太白》半月刊，在陳望道的投入下，也在當時發生了不可輕忽的影響力。

沙土下的河水

——周作人對現代小品的考察

被譽為「現代散文之創始者」的周作人，以其精彩的創作及精闢的理論，為現代小品散文的開拓與成長樹立了良好的典範，也在現代散文發展史上隻手撐起了初創期的高峰。作為新散文的提倡者與實踐者，周作人的可貴之處，是在於他對散文源流的正確認識。民國十年，他發表的一篇〈美文〉為現代小品散文樹立了典型，十一年後，他在北平輔仁大學演講的〈中國新文學的源流〉，則為現代散文理論提供了寬廣視野的歷史線索。

周作人認為，小品文（即新散文）的興盛必須是在王綱解紐的時代。當處士橫議、百家爭鳴之時，也正是許多新思想好文章產生之時。民國十五年五月，他在給俞平伯的一封信中說道：「我常常說現今的散文小品並非五四以後的新出產品，實在是『古已有之』，不過現今重新發達起來罷了」、「現在的小文與宋明諸人之作在文字上固然有點不同，但風致實是一致。」他還提議編一本文選，內收由清代的鄭板橋上溯明代的張岱、王思任等人，再連上蘇東坡、黃山谷諸子，以呈現出「散文小品的源流材料」。換言之，周作人認為晚明散文的勃興，與新散文的興起，有著時代背景的相似性，而新散文的「新」，其實還是一種「舊」，只不過是受了一點西洋影響，有一些新氣息而已。

正是這種文學觀點，周作人在民國十五年十一月重刊張岱《陶庵夢憶》的序言中一針見血地指出：「這與其說是文學革命的，還不如說是文藝復興的產物」，再次強調現代散文與晚明小品的血緣關係。民國十七年五月，周作人在為俞平伯的散文集《雜拌兒》作跋時，更進一步直陳：「現在的文學──現在只就散文說──與明代的有些相像，正是不足怪的……現代的散文好像是一條湮沒在沙土下的河水，多少年後又在下流被掘了出來，這是一條古河，卻又是新的」，而他覺得將這種文學現象說得最得要領的是：「這風致是屬於中國文學的，是那樣地舊而又這樣地新。」這句話中的新/舊，正巧妙地道出現代散文在納入整個文學發展史後的地位。

周作人將現代小品散文與晚明小品，甚至東坡、山谷的古文聯繫在一起，是他對新文學源流考察的心得，也是他的散文理論的中心要旨。他的〈中國新文學的源流〉一文，正是這種看法較完整的表達。他提到新散文的源流是來自公安派與英國小品文的合成，確實有其獨到之處，不過，正如他所強調的，這是一條沙土下的河水，因著偶然的機緣，又重現天日，但此水終究已非彼水，在歷史傳統中，現代散文因受西洋的哲學、科學與文學的影響，毫無疑問的，也有了屬於自己的新面目。周作人在〈中國新文學的源流〉中，也肯定了這一點，他說：

> 這相同者由於趨勢之偶合，並不由於模擬或影響。我們說公安派是前一期的新文學運動，卻不將他當作現今新文學運動的祖師，我們讀公安派文發現與現代散文有許多類似處覺得很有興味，卻不將他當作軌範去模仿他。

一時代有一時代的文風面貌，周作人對此一文學進化之理自是明白。

從周作人的論述中，我們很自然會聯想起新文學運動的催生者胡適。他一方面以《嘗試集》跨出新文學的第一步，又不時頻頻回首。在民國十一年三月為《申報》寫〈五十年來中國之文學〉時，大大讚揚了黃遵憲的「白話詩」（周作人在民國二十四年為上海良友印刷公司出版的《中國新文學大系・散文一集》的導言中，也稱讚黃遵憲對言文問題有很高明的意見），而《白話文學史》一書，更是溯自唐朝的王梵志、寒山、盧仝等白話詩人，乃至於漢朝的民歌。胡適的用意也是在強調「古已有之」的文學史觀。

「前有古人」不是件壞事，也並不影響現代散文在文學史的長河中建立新典範的可能。從周作人與胡適的身上，我們具體地看到了，新文學初期這些知識分子掙扎苦思、處心求變的姿影。值得安慰的是，他們並非踽踽獨行，翻開中國文學史，歷朝歷代都有和他們相似的背影，從古走到今。

沒有曬出的底片

——豐子愷筆下的母親坐像

在現代散文大家朱自清的眾多作品中，最為人熟知的恐怕是〈背影〉了。這篇幾乎要算是他的代表作的抒情回憶散文，將作者父親對子女濃烈的關愛有極為出色的刻畫，讓人在感動中有幾許心酸，卻又在悲傷中感受到最直接的、無私的父愛。朱自清父親的不懂世故、蹣跚老態以及謀事不順，對朱自清而言，都是腦海中永難抹滅的深情記憶，而透過他真摯無華的筆，則使父愛的形象永遠生動地烙印在我們心中。

另一位同是散文大家的豐子愷，文筆也是純樸自然，不論文章、畫作或人品，都深受後人喜愛。他曾於民國二十六年二月寫了一篇〈我的母親〉，對母親坎坷、辛勞的一生有至情至性的描繪，讓人讀來也會潸然淚下。雖然它不如〈背影〉幸運，但其為天下母親操勞家務、關愛子女且終生無怨無悔的偉大形象，還是做了不遑多讓的雕塑。這兩人筆下一父一母的精采勾描，都是現代散文史上不可多得的傑作。

豐子愷的父親在他九歲時死於肺病，此後就由母親鍾氏身兼嚴父慈母，一手將他撫育成人。在〈我的母親〉一文中，他著力描寫母親的坐像，因為這是母親留給他最深刻的影像。豐子愷四歲時，父親中了舉人，但同年祖母逝世，父親只得服喪在家，鬱鬱不樂。兩年後服喪期滿，科舉卻已廢除，因此他的父親遂以詩酒自娛，不管家事。如此一來，染坊店及家中大小諸事都落在他的母親身上。父親過世後，遺下他們姊弟六人，家計更顯沉重。

豐子愷在這篇散文中，對母親劬苦的一生並不刻意著墨，而是頗具技巧地聚焦在母親的坐像上。從豐子愷小時候到他母親去世前數月，只要一空下來，他的母親總是坐在石門灣老家西南角裏的一張八仙椅子上，那張椅子幾乎成了母親的化身，也是真正屬於母親自己擁有的一方天地。但是，那卻是一個很不舒服的位子，豐子愷仔細說明了那張椅子和位置的缺點：一是不安穩，因為那張八仙椅子是木造的，坐板和靠背成九十度角，靠背只是疏疏的幾根木條，其高只及人的肩膀，坐時無處擱頭；二是不便利，因為八仙椅子特別高，坐上去兩腳必須掛空；三是不衛生，因為那個位置正對著退堂裏的灶間，風從裏面吹出時，煙灰和油氣都吹在母親身上；四是不清靜，因為坐在椅子上向外一望，就是雜沓往來的顧客，鼎沸的市井聲。如此一張椅子，卻是母親每天生活的重心所在。

既然如此不舒服，他的母親為何總是坐在那裏呢？豐子愷解釋說：「因為這位子在我家中最為衝要。母親坐在這位子裏可以顧到灶上，又可以顧到店裏。母親為要兼顧內外，便顧不到座位的安穩不安穩，便利不便利，衛生不衛生，和清靜不清靜了。」簡單幾筆，就具體呈現出他的母親是如何為了家計而日日付出、卻又毫無怨悔的動人情操。那張椅子在家中的位置，一如母親在家人心中的重要性，象徵可謂獨特而微妙。

整篇文章的焦點不在那張椅子，而是坐在椅子上的母親。豐子愷的高妙即在於自始至終並未詳加描寫母親的形貌，而是用二十個字來反覆強調、描摹母親給他最深刻的印象：「眼睛裏發出嚴肅的光輝，口角上表出慈愛的笑容」。這是全文的主旋律，不斷出現於字裏行間，而且嚴肅與慈愛總是伴隨著，一緊一鬆地使文氣起伏規律，且將母親的性情忠實又生動地流露出來。當他四歲從書堂走出、向母親討點東西吃時，母親會微笑地拿餅餌給他吃，同時眼睛發出嚴肅的光輝，給他幾句勉勵；當他父親過世後，母親坐在那椅子上的時間愈來愈多，工人、店伙、朋友、親戚、鄰人經常來和她交涉、應酬或討論。有時這些人一起來到，母親往往招架不住：「於是她用了眼睛的嚴肅的光輝來命令，警戒，或交涉；同時又用了口角上的慈愛的笑容來勉勵，撫愛，或應酬。」天真的豐子愷因看慣了這種光景，還以為母親是天生就坐在那椅子上，而且天生就有四班人向他纏繞不清的。

後來，豐子愷離家求學，到遠方工作，每次回到老家，「依然看見母親坐在西南角裏的椅子上，眼睛裏發出嚴肅的光輝，口角上表出慈愛的笑容。」只不過，頭髮已由黑轉灰白，再漸轉為銀白了。豐子愷三十三歲時，母親過世，從此家中的八仙椅子上再也沒有母親坐著了。然而，母親的坐像卻成為他一生最深刻的警惕和有力的勉勵，他喟歎道：「她是我的母親，同時又是我的父親……現在我每次在想像中瞻望母親的坐像，對於她口角上的慈愛的笑容覺得十分感謝，對於她眼睛裏的嚴肅的光輝，覺得十分恐懼。」行文至此，豐子愷想必也已熱淚盈眶了，因為我們一路讀來，早已被他母親的至愛所深深打動。豐子愷雖然說母親的坐像是「沒有曬出的底片」，但他的文筆確實比相機更深刻地為母親造了永不褪色的畫像。

這篇短文，平易中見深刻，平實中見真情，沒有華麗的絕妙好辭，可是細細體味之下，卻讓人感到餘韻無窮，而這正是豐氏散文之爐火純青處。和朱自清的〈背影〉相比，一以橘子象徵父愛，一以椅子象徵母愛；豐子愷宏觀地追憶了母親的一生，朱自清則集中地敘述一次送行；朱文中的父親完全慈藹、溫厚，豐文中的母親則慈愛、嚴厲兼具。且不論行文下筆是如何不同，其感人的力量則無二致。在早期散文作品中，這兩篇文章可算是描述父母親情的一時雙璧。

二十四橋仍在？

——豐子愷覺醒的揚州夢

豐子愷於一九五七年曾在揚州畫了一幅漫畫「二十四橋仍在」，為他的揚州行留下一個紀念。圖中立於拱橋上的兩人，左邊拄杖者應是豐氏本人，一旁扶持者可能是隨行的幼子新枚或女兒一吟。與這幅畫一樣出色的是他於第二年春天所寫的〈揚州夢〉一文，圖文並看，更能領略豐氏的藝術之美。

在唐代詩人筆下，煙花三月、十里春風的揚州確實是讓人嚮往的文學桃源，杜牧就曾有多首詩歌詠揚州，如「十年一覺揚州夢，贏得青樓薄倖名」、「春風十里揚州路，卷上珠簾總不如」，當然，最膾炙人口的「青山隱隱水迢迢，秋盡江南草未凋。二十四橋明月夜，玉人何處教吹簫？」更讓揚州在文學史上添了嫵媚的一筆。其他如李白的「煙花三月下揚州」等，都生動呈現出唐朝時揚州的繁華光景。而歷代以來，歌之詠之的作品也是難以勝數。因此，揚州對歷代文人來說，是有著一股獨特的魅力，給人不盡的懷想。正是這種微妙的文學想像，觸動了感情豐富的豐子愷，而有了一趟尋找思古幽情的揚州行。

豐氏的揚州之旅，是以探訪二十四橋為重心，因為他讀了姜白石的〈揚州慢〉：「二十四橋仍在，波心蕩冷月無聲。念橋邊紅葯，年年知為誰生。」於是和豐一吟、豐新枚三人乘了火車就要去體驗揚州風情。不料，揚州早已成了一座「精小的近代都市」，「全然沒有一點古色」，他覺得揚州只不過是一個小上海、小杭州，毫無特殊之處，於是他把整個懷古欲寄託在大名鼎鼎的二十四橋。結果也是可想而知。從一開始到大街上雇車子前往，許多人都不知在那裏，他就有些尷尬了。一位年紀較大的車夫載他們去到，不過是「在田野中間跨在一條溝渠似的小河的一爿小橋」，難以置信的豐子愷不死心地跑去找幾位長者求證，最後只得大失所望地接受了這個事實。

這篇不失情趣的散文如果寫到這裏結束，應屬合情合理，但豐子愷卻續有安排。他寫自己失望、疲憊地回到旅館，倒身就睡，忽然有一中年婦人來敲門，自我介紹：「我姓揚名州，號廣陵，字邗江，別號江都。」接著向豐子愷做了一番表白，指出在一九四九年以前，一千多年的長時間，揚州是被人虐待，受盡折磨，「古人所贊美我的，都是虛偽的幸福，恥辱的光榮，忍痛的歡笑，病態的繁榮。你卻信以為真，心悅神往地吟賞他們的詩句……你真大上其當了。」然後，她以悲憤的口吻說道：

士大夫們在二十四橋明月下聽玉人吹簫，在月明橋上看神仙，幹風流韻事，其代價是我全身的多少血汗。我忍受苦楚，直到一九四九年方才翻身，人民解除了我的桎梏，醫治我的創傷，療養我的疾病，替我沐浴，給我營養，使我全身正常發育，恢復健康。我有生以來不曾有過這樣快樂的生活，這才是我的真正的光榮幸福。

婦人說完後很快消失在門口。豐子愷走出門要去送她，卻在門檻上跌了一跤，猛然醒悟，才知身在旅館的床舖上，原來是一個「揚州夢」！從文學的揚州夢，一轉而為政治上的揚州夢，豐氏此文實給人一種突兀、生硬之感。

豐子愷的散文雖以沖淡、平和著稱，但他在表現技巧上卻很重視，時有令人耳目一新之感，這篇描述揚州今昔之比的隨筆即以現實與夢境的對比來呈現，足見他的用心。當然，這也並非獨創的技巧運用，事實上，後面這一段反給人畫蛇添足之感。

也許，自一九四九年起，豐氏以其在藝文界的地位崇高，中共對其甚為禮遇，他寫這篇文章時正擔任第三屆全國「政協」委員，對中共不免有其正面的看法吧，因此而有這種假借夢幻手法來直接歌頌的文章。他沒有想到這種「快樂的生活」到了一九六六年「文革」開始，就完全改觀了。七十歲的老人在這場風暴中身心備受折磨，被扣上「反革命黑畫家」，一些畫作被指控影射，直到一九七二年才獲得「解放」。但是，這場夢確實是醒了。餘悸猶存的他，七二年起陸續撰寫散文《緣緣堂續筆》，內容大多是〈酒令〉、〈食肉〉、〈吃酒〉、〈算命〉等題材，要不就是描述一些小人物，如〈癩六伯〉、〈歪鱸婆阿三〉、〈阿慶〉等。如果他再重看此文，想必會啞然苦笑，一如他夢裏的二十四橋，繁華如夢的揚州，原來夢醒後是如此不堪。

這十年文革，對豐子愷來說，倒也稱得上是「十年一覺揚州夢」了。

民初教育的生動縮影

——葉聖陶短篇小說中的教師形象

集文學家、教育家、出版家於一身的新文學名家葉聖陶，寫了很多小說作品，短篇中要以取材於教育界的為最多，幾乎佔了五分之一，因此，大陸上海文藝出版社在編選、出版《中國現代名作家名著珍藏本》時，其中葉聖陶部分即冠以「教育小說」之名，足見他在這方面所作的貢獻與成就。

葉聖陶之所以會以教育界做為小說題材的主源，與其個人的教師經驗有關。他在〈隨便談談我的寫小說〉一文中，就清楚地寫道：「我做過將近十年的小學教員，對於小學教育界的情形比較知道得清楚點。」他以其直覺的評判去看小學教育界，覺得很不滿意，然而，「我又沒有什麼力量把那些不滿意的事情改過來，我也不能苦口婆心地向人家勸說……因為我完全沒有口才，於是自然而然走到用文字來諷他一下的路上去。我有幾篇小說，講到學校、教員和學生的，就是這樣產生的。」雖然，他自己很認真地寫作，但他卻一直不把寫小說當作是不凡的事業，相反的，他認為「所謂諷他一下也只是聊以自適而已，於社會會有什麼影響，我是不甚相信的。」即使如此，時隔七十餘年，重看他筆下林林總總的教育群像，還是可以找出其時代意義與人生的啟示。

他的教育小說主要是以小學為背景，而「五四」所形成的新舊教育觀念、制度的衝突，則為其作品的大背景。由於身為教師，因此小說中也多半以教師角色為刻畫對象，約而分之，大概可得三類：保守頑固、無奈地安於現狀以及企圖改變、革新者。而現實的桎梏難破，改革的無力、失敗，又是這些小說的基調，讀來格外讓人痛心、感慨。

以〈城中〉一文為例，滿懷理想的丁雨生返鄉要辦一所新式的宏毅中學，男女合校，新式教育，並鼓吹參與社會活動，如此一來，就遭到守舊勢力的攻擊。丁雨生的老師說：「那丁雨生當時在我跟前，不聲不響的，也算是個馴良的學生，誰知十年之後，竟變成洪水猛獸。」但有的甚至認為「這不是有心搗亂謀反叛逆是什麼？」於是宏毅中學最後只招到八個學生。但丁雨生始終積極地面對挑戰，毫不退縮，他堅定地說：「教不好這八個，才是失敗呢！」像丁雨生這種正面的教師形象，在〈抗爭〉中的郭先生也有相近的表現，他想藉教職員聯合會的力量，爭取欠薪，要求學校不要關門，但最後落得免職的下場，對於其他老師們為了飯碗而不能團結一致，他深感悲憤，他說：「飯碗！飯碗也得弄得牢固一點，穩妥一點呀，但他們不想！飯碗以外還得好好地做事業呀，但他們更不想！說什麼教育，教育，一切的希望都繫於教育！把教育托給這班東西，比房屋築在沙灘上還要靠不住！」像他這樣看清事實、又肯付諸行動去改革的教師，在葉聖陶的作品中不多，而且多半敵不過現實而失敗，如〈校長〉一篇中的校長叔雅想解聘三位不盡職的教師，最後仍功敗垂成。在葉聖陶筆下，這些悲劇英雄正是他教育理想的化身，可惜理想總是被現實擊倒。

成功的例子也有。〈我們的驕傲〉中的黃老師，即是身教與言教兼具、對學生產生深遠影響的正面典型。小說中四個四十五歲以上的人相約一起回去看望小學老師黃先生，因為「黃先生並不頂嚴厲，可是大家怕他；怕他又不像老鼠見了貓似的，是真心地信服他。」他們由衷地感佩道：「教室裏的講話能在學生生活上發生影響，那是頂了不起的事。」而黃老師的一段話則道出了教員的崇高道德情懷與教育的神聖性：「認定教育是一種神聖的事業，它的前程展開著一個美善的境界。後來我總是不肯脫離教育界，緣故也就在此。」這種心志，和那些庸碌、不思上進，或者無法趕上潮流者相比，確實要高尚得多了。

像丁雨生、黃老師等較具開明思想的人物並不多，同樣的，像丁雨生的老師這般保守的人物也不是很多。〈義兒〉一篇中的沈義，是個喜愛繪畫的小學生，連上英文課也在畫圖，英文老師對他的斥責雖說不符教育心理，但基本上並非頑固者。〈校長〉中的佟、陳、華三位老師，失去教育理想，沉迷打牌，上課心不在焉，甚至鬧出桃色新聞，則受到葉聖陶較多的指責，認為如此一來，將會如「疫病」般傳染給學生，形成整體「怠惰的氣息」。這些尸位夙餐的教師形象，刻畫頗為傳神，可惜以此為重心的作品較少。

在他的作品中，大部分的教師都是接受現實，只求溫飽，保持現狀，即使有諸多不合理，為了肚皮也只能忍氣吞聲，特別是對操任免大權的上級官員，更是卑躬屈膝，令人不忍卒睹。例如〈飯〉中的吳先生，利用上課時間出去買菜，被學務委員發現，結果上個月積欠的三塊大洋薪餉被罰減為一塊，但他不敢申辯，唯恐失去這得來不易、每月六塊的教員工作。雖然一家三口都在饑餓邊緣，但終究餓不死，因此，他看到「桌子上雪白光亮的究竟是一塊大洋呢」，即使「手心起冷和硬的感覺」，他仍得牢牢握住。事實上，他明知學務委員按月領的是十塊，只發給他六塊，他仍得表示感激。這些小說，道出了小學教員的辛酸，也反映了民初教育不健全的病態。

至於一些平凡教書、尚能盡職的教師，葉氏也有著墨，而且寄予同情的諒解。如〈脆弱的心〉描寫兩位小學教師的教育理念，從對話中可以看出他們對教育的功能尚有疑慮，如徐老師說：「我們接觸無數的兒童，他們純潔且自然。他們將心赤裸裸地呈露，我們因而認識他們各異的個性，辨知他們各異的天才。這是何等的趣味！」但莫老師卻不以為然地說：「我若作論文，或者在什麼地方演講，也止有這麼說。但是想到實際，我就懷疑，我就煩悶。」當他去聽大學者許博士的演講時，一種藉教育改造社會的熱情被激發出來，但一回到學校，那股興奮馬上又消退了。類此心理的教師所在多有，〈小銅匠〉中的田先生也是如此。

激進思求改革，頑固力保舊制，無奈隨波逐流，這是近代中國在思想觀念衝擊、追索時的三大主流。在充分掌握了時代變遷的特質下，葉聖陶忠實地以文學筆法，塑造出三種各自殊異的教師形象，既生動地呈現了二〇年代新舊紛陳的教育界，也建構出他的短篇小說中豐富而多元的教育世界。

湖水依舊在

——「白馬湖作家群」的遺風餘韻

一

所謂「白馬湖作家群」指的是二〇年代初，在浙江省上虞縣白馬湖畔春暉中學任教、生活過的一群作家，他們在上虞縣籍的夏丏尊號召下，陸續來到春暉任教或講學，包括朱自清、豐子愷、朱光潛、俞平伯、劉延陵、葉聖陶以及王世穎、弘一大師等，不論時間的長短，他們彼此都曾經朝夕相處，在範圍不大的春暉園中把酒論詩，品茗談藝，像一家人似的以真性情相接，互相切磋，共同為教育理想與藝術趣味做一些實際的工作，也因此在文學史上寫下一頁動人的佳話。

在這群作家中，夏丏尊與朱自清都是文壇大家，散文被譽為「白話美術文的模範」，夏丏尊更以一篇〈白馬湖之冬〉將這個宛如世外桃源的美麗之湖介紹出來，使得白馬湖成為令人嚮往的文學勝境。其他如豐子愷、朱光潛、俞平伯也都是當時一流的文人作家。他們的紛紛來到白馬湖，使這個偏遠的學校頓時顯得熱鬧而充滿活力。而弘一大師在他們力邀下，來此住了一段時間，更是這群作家欣喜不已的一大勝事。白馬湖的湖水清靜寧謐，景色雅緻怡人，他們的友誼在此得到最溫暖的交會，而他們清醇質樸、令人回味的文學佳構，也在此得到大自然永恆的見證。如此一個地靈人傑的文學之鄉，在作家們筆下得到了讚賞的謳歌，不論是文化氣息濃郁的春暉中學，還是圍繞著學校的明淨湖水，白馬湖及其作家們的姿影，已成為現代散文史上一個令人無限嚮往的文學標誌。

二

九五年八月間，我正是懷著如此幾近朝聖的嚮往之心，親自去了一趟白馬湖。陪伴我一同前往的，是浙江杭州師範學院學報編輯部的副主編陳星，他是大陸上少數研究白馬湖作家群的年輕學者。我們自杭州出發，車程三個多小時才抵達春暉中學。

快到春暉中學之前，一片片綠意沁人的稻田已向我們提示了即將有一番風光在前頭迎接著。看到校門的同時，一灣湖水猝不及防地映入眼簾，我們頓時興奮地探出頭去，但隨即對那只像個水塘似的湖面感到失望。這是否就是我所嚮往的白馬湖呢？多年前來過一次的陳星也覺得納悶。後來我們才知那是所謂的「內白馬湖」，更大更美的「外白馬湖」在校園的另一端。

這個水泥建造的校門顯然是這些年新完成的，除了貼著一張告示寫著「入內需經校長室同意」外，毫不起眼。也許是暑假的關係，師生都已返鄉，我們未經任何人同意就直接進入了校園。首先看到分列兩側的新式建築，右邊是新體育場「清揚館」；左邊是教室「仰山樓」。清揚館之後是操場，白色沙地，青草在四圍蔓長著，幾座籃球架點綴其中，有些荒涼。面對操場的是一幢古式兩層建築「望湖樓」，黑瓦白牆，半圓拱窗一字迤邐，頗具歐式風味，這是教室及教師辦公室。我們走上二樓向前望，一排杉木整齊地將校園與外圍廣大的草地隔開，草地與內白馬湖連接，隱約的湖水鱗光在艷陽照耀下跳動著閃爍的銀白。

望湖樓的後面是新式建築的求是樓。樓下一角有一間不大的「白馬湖圖書館」，朱門半掩，黑底黃字的匾是葉聖陶所題，掛在漆色斑剝的門上，顯得有些寒傖。不過，和其他中學相比，春暉仍算是幸運，自一九八九年起已被列為浙江省重點文物保護單位，因而得到較妥善的維護。離樓不遠處有一座春暉中學校長經亨頤（一八七七—一九三八）的半身塑像，柳樹掩映，進門即見。經亨頤字子淵，號頤淵，和夏丏尊同為浙江上虞人，曾東渡日本留學，並加入中國同盟會，一九一三年出任浙江省立第一師範學校校長，五四運動期間，積極順應新潮，學風大振，但因被地方官吏忌恨而免職。一九二一年任北京高等師範學校總務長，後來他返回故鄉，任春暉中學校長，透過他對教育的熱愛，在春暉大力提倡人格教育，因材施教，浙江教育界人士多出其門下，時有「北南開，南春暉」之譽，足見他辦教育之成就斐然，而夏丏尊、豐子愷、朱自清等人正是他大力延攬而至。因此，他對春暉、甚至對浙江的教育學風的貢獻，至今仍為人津津樂道。他後來曾擔任中國國民黨中央執行委員及國民政府委員等要職，六十一歲病逝於上海。他好金石篆刻，工詩書畫，五十歲以後尤好畫松，遂將其書齋命名為「長松山房」，著有《長松山房詩書畫印集》等書。

繞過塑像，我們走進一幢幢教室、宿舍排列整齊的校園中。不論是半圓形的春暉園拱門或是五角形的蘇春門，乃至酒甖形的西雨樓拱門，都呈現出古色古香的典麗氣息。黑瓦白牆的迴廊將校園整個串連一氣，廣玉蘭樹和成排朱紅細柱點綴其中，令我們不禁贊歎，在這裏讀書的學生真是幸福。

沿著水泥小徑，我們穿過學校中心，一直走到學校的「盡頭」，忽然看到另一個校門，鐵門大開，與校外的一座拱橋相接。原本以為是學校後門，但門旁有一間低矮的警衛室，大門石柱上掛著一塊白底墨字的長形木牌，上書「春暉中學」四字，看來這才是學校的正門。

至於那四個字究竟出自何人之手，因無落款，不得而知，我們研究的結果，推測應是經亨頤的筆法。橋上有小販賣著西瓜、葡萄等水果，但也只是慵懶地坐著，斗笠下閒閒地聊天，任蒸騰的暑氣在樹蔭外肆虐。站在春暉橋上往兩側看去，一邊是樹蔭蔽天的一灣曲水，柳條輕搖，完全是江南水鄉的情調；另一邊也大致若此，但可看見環校小河更遠處的一方大湖，而那自然是所謂的「外白馬湖」了。

然而，這個校門仍只是第二校門而已，真正的校門其實是與春暉橋相隔約一百公尺遠、學校圍牆的轉角處，如今已被叢樹遮掩，半圓拱門前的木橋也早已被拆除，只剩圍繞著學校的湖水依舊靜靜地流淌而過。原來校門有過這些變遷，至此方才明白，操場其實是在學校最內側，這才符合一般學校的規劃，而我們一開始看到的才會是「內白馬湖」，從這個真正的校門往外看到的是「外白馬湖」。

整個學校三面被湖水圍繞，校門前如小河般的流水悠悠，已不知流過多少歲月。翠綠的布袋蓮在河面上微微起伏，底下有不少白條魚穿梭其間，顯見湖水的清澈乾淨。河水自然區隔了學校與村莊，一條碎石子路蜿蜒河的一側，幾株盤根錯結的老榕灑下大片的涼意。小路旁則是一些高矮不一的屋舍，零星散佈，屋後是山，清靜中透露出幾許孤寂。只有從真正的校門口去觀察、想像，才能明白在白馬湖作家群筆下的春暉與白馬湖。如俞平伯〈憶白馬湖寧波舊游〉中提到：「春暉校址殊佳，四山擁翠，曲水環之，菜花彌望皆黃。間有紅牆隱約，村居絕少，只十數家。」這確實是平實的描寫。

舊校門的正對面是幾幢三層樓高的新式建築，現在當然已有些陳舊，但仍頗為醒目。經詢問村民的結果，其中一幢「山邊一樓」正是經亨頤的故居，可惜喊了幾聲都無人答應，不好貿然入內。房子自然是沿山而建，也還有幾株松樹點綴林間，讓人懷想起這位「長松山房」主人的遺風。他將公館建於校門口，足見他對辦校的用心之切。

山邊一樓再過去是幾家大型的手工廠，再下去則是稻田與草地，小路彎彎沒入草林間。工廠對面有一條岔路，轉彎處忽見一石橋，一側書有「馬鞍橋」三字，兩邊還有白馬飛躍的圖案。橋不大，下頭恰好是環校河水流過，這令人不禁又生神往之思。當年這批作家想必曾搖晃著小舟，延河行，貪婪地享受著白馬湖的靈性山水，因而寫下不少動人的文章。

這是出校門過春暉橋後左轉一路可見的景致；至於右轉的風光則更勝一籌，而且是讓白馬湖得以在文學史上留名的主要原因。這風光不僅是自然山水，更重要的是夏丏尊、豐子愷、弘一等人所散發而出、至今猶存的文化氣息。

三

離校門最近的是弘一曾來此小住過的「晚晴山房」，隔鄰是豐子愷的「小楊柳屋」，再走十來步是夏丏尊的「平屋」，而朱自清與他只有一牆之隔。如此人文薈萃的「精華地段」，我們一路走來，總有不斷的驚喜與恍然。而他們的住處，都面向清麗如鏡的白馬湖，這也就難怪朱自清、夏丏尊等人在離開春暉多年後，依然會對白馬湖的一切念念不忘。

從春暉橋走過，一眼即可看到在山坡上的「晚晴山房」。踏上約二十級的石階，這棟白牆黑瓦的弘一故居便呈現眼前。入口處堆疊著紅、白交錯的水泥磚，地上卻意外地有一塊較大的正方形白磚，上有弘一的絕筆「悲欣交集」四字，這當然是拓上的複製品，原本應該是這個紀念館中的陳列品，但現在卻被隨意地棄置於一角。屋內隔了三、四間房，可是大多空無一物，大廳上只見一張鐵床，上面掛滿了西裝之類的衣物，地上有丟棄的便當盒，一把鐵椅、一張小茶几，凌亂地擺著。這時有一六旬老者從內側房間走出，自稱柳氏，是弘一研究會的會員，目前此處在整修，他就住在這裏。站在走廊向前望，果然見到白亮的湖水，我們就在走廊一陣寒暄，匆匆告辭。沿著石階走下，步履不由得沉重起來。

弘一與白馬湖的淵源頗深，這主要是因佛緣深厚的夏丏尊、經亨頤，以及弘一在杭州浙江省立第一師範學校的學生豐子愷、劉質平的緣故。一九二四年秋，弘一曾應夏丏尊之邀，在白馬湖畔小住過。到了一九二八年，夏丏尊、經亨頤、豐子愷、劉質平等七人，認為弘一出家十餘年，雲遊各地，遂籌資於白馬湖畔築此常住之所。次年初夏竣工，弘一用李義山「天意憐幽草，人間重晚晴」句意為此宅取名為「晚晴山房」。而同年九月，他就從溫州來此小住，沐浴在湖光山色中，粗茶淡飯地作個平凡的和尚，不久還寫了此後在佛教界廣為流傳的〈白馬湖放生記〉一文，流露出他憐惜人間萬物的慈悲心。

「晚晴山房」在歷經數十年後已毀壞殆盡，近年來上虞縣成立了弘一法師研究會，發起募捐，擬重建以資紀念。我們此行所見，正是修整之際，但不知何時才能修復。

從山房走廊不僅能看到經亨頤的「長松山房」，向左下方一望，豐子愷的「小楊柳屋」也盡收眼底。我們步下石階，經過養有幾隻雞的竹林，就到了豐子愷故居。和夏丏尊的「平屋」一樣都是白牆黑瓦，簡陋的木門深鎖，令人大失所望。正在探頭之際，恰有一在此地打工的工人回來拿東西，開門讓我們進去匆匆瀏覽。進門果見一黃底綠字的木牌上寫著「小楊柳屋」，頓時讓人眼睛一亮。然而入內一看，早已空無一物，而且成了外地來此打工者的臨時宿舍，蚊帳、餐盒、衣物亂七八糟地擺著，加上略顯蛀朽的門窗樑柱，簡直令人不忍卒睹。豐子愷在〈楊柳〉一文中寫道：「昔年我住在白馬湖上，看見人們在湖邊種柳，我向他們討了一小株，種在寓屋的牆角裏，因此給這屋取名為『小楊柳屋』。因此常取見慣的楊柳為畫材，因此就有人說我喜歡楊柳，因此我自己似覺與楊柳有緣。」我們所見的牆角，早已無了可愛的小楊柳，只見南瓜藤蔓垂頭喪氣地斜斜立著，乾枯斷折的野草叢生，毫無生氣。至於那豐子愷作畫為文的小窗，當然緊閉不開了。這實在是始料未及的憾事。

夏丏尊的「平屋」，正如其名，平凡的外觀並不起眼。然而這裏卻是白馬湖作家群的「領導中心」，這批可愛的作家正是在他的號召下聚集於此。他於一九二一年冬返鄉，在學校附近蓋了這間平房，題名為「平屋」，後來他把在此以後寫的散文隨筆輯為《平屋雜文》一書。

由於大門深鎖，我們只能在外觀望，黑色的木門已有歲月的風霜，門上的牌匾清晰可見用隸書寫的「平屋」二字，一旁小字寫著「丏尊先生舊居　丙寅二月錢君匋」。屋後的欒樹蔥綠茂盛，長長的圍牆上有幾株葡萄藤依蔓而生。猜想應有人居住，外出未歸，但不知是否又為打工人所佔？希望不會。陳星說它已是紀念室。但既是紀念室，為何不開放供參觀呢？我們一時無語。

與夏丏尊一牆之隔的朱自清沒有他那麼幸運，故居乏人照料。其實，在白馬湖作家群中，對春暉與白馬湖描繪得最傳神、生動的是朱自清。他的〈春暉的一月〉將春暉的美層層道出，理性中兼具豐沛的情感，令人好生嚮往；至於〈白馬湖〉更是將其四季的變化做了最貼切的形容，文采飄逸絕美，卻不濫情，可說是「白馬湖風格」的最佳典範。

四

我們於午後一時許離開白馬湖，日頭很是毒辣，我們汗流浹背。收穫自然是豐碩的，至少圓了我的文學夢土的追尋。然而卻是不滿足的。我想起俞平伯於一九二四年春去春暉園探訪他的摯友朱自清，在夏丏尊家宴後偕朱自清散步的情景：

> 飯後偕佩弦籠燭而歸。長風引波，微輝耀之，躑躅郊野間，紙傘上沙沙作繁響，趣味殊佳。惟苦冷與濕耳。歸寓暢談至夜午始睡。

三言兩語就將二人的情誼生動呈現，溫暖感人。然而，朱自清的故居破敗，俞平伯在杭州西湖邊的寓所，文革後為人所佔，原來門前有牌指示，住者因煩遊客慕名而來，索性拆掉那指示牌，從此知者愈來愈少。

此外，弘一、豐子愷、經亨頤等人的故居也都未受重視，任其荒廢、破壞。我實不知，春暉師生們見狀是否會痛心不已？還是無能為力？這些疑問，使千里迢迢來此的我感到憂心與無奈。幸好，那白馬湖依舊丰姿綽約，雖然朱自清讚歎說：

白馬湖最好的時候是黃昏。湖上的山籠著一層青色的薄霧，在水裏映著參差的模糊的影子。水光微微地暗淡，像是一面古銅鏡。輕風吹來，有一兩縷波紋，但隨即平靜了……這個時候便是我們喝酒的時候……白馬湖的春日自然最好。山是青得要滴下來，水是滿滿的、軟軟的。小馬路的兩邊，一株間一株地種著小桃與楊柳……在春天，不論是晴是雨，是月夜是黑夜，白馬湖都好……

這些白馬湖四季變幻的魅力，我此行是無緣感受了。不過，至少那靜謐如詩的湖水還在，那曾經在此度過美好時光的文人的遺跡也尚有幾分可尋。其實這樣也就夠了，因為，不論山水如何物換星移，在文學的國度裏，那些歌頌過春暉園與白馬湖的動人詩篇，都將永遠地流傳，在文學史頁中，在後人無盡的懷想中……

算此生，不負是男兒

——李叔同詩詞中的入世情懷

一

被稱為南山律宗第十一代祖師、民國四大名僧之一的弘一大師李叔同，由於宗教形象的突出，加上他在風華正茂、向藝術巔峰攀登之際，忽然遁入空門的傳奇身世，導致後人對他的研究多半集中於他後期在佛教研究、實踐上的耀眼光芒，而忽略了他早期在藝術實驗、追求上所展現的驚人才情。一九九五年底由浙江文藝出版社出版的《李叔同詩全編》中，編者余涉在〈前言〉中就對這種將李叔同「僧化」、「佛化」的現象感到不平，認為不應該將他「聖潔的後半生和絢麗的前半生割裂開來」，而主張正視其早年的藝術成就。余涉的意見是合情也合理的。

今年（一九九七）二月二十日發表於中國時報「開卷」版面上的一篇書評〈重審弘一大師才情——大陸出版「李叔同詩全編」〉，作者是廈門的朱麗冰，她也引用了余涉的上述意見，而稱讚此書「將能採集到的李的佚詩統統編入，包括那些早年歌詠風花雪月、燈紅酒綠的詩稿，還讀者一個完整的人性的李叔同。」這個評價是公允的。然而，她接下去說道：

有趣的是，統觀李詩，除了說教和應景的作品而外，美妙的情思與消極的走勢幾乎一以貫之——包括其年少之作，包括其留學時期的才情鼎盛之作，感傷、懷舊、惜別、傷逝、倦世，這就是他的性格底蘊。這對他的最終遁入空門，不能不說是根本的決定性的緣由。

這種推論，基本上還是「僧化」、「佛化」下的想當然爾，以他詩詞中的一些傷時感懷就將他日後的出家聯繫在一起，恐怕值得商榷。而說他早年的詩以消極成分居多，也是過於簡化的推斷。事實上，只要綜觀此書所收的詩詞之作，即不難發現，李叔同的「早年」——這包括年少、留學時期，甚至是在他三十九歲正式出家以前，他的詩詞作品中都不乏積極進取、熱血沸騰、愛國憂民的憤世之作，而且為數不少。即使是與藝妓往來的酬答應景之作，也都經常流露出對國事蜩螗的憂慮與悲憤。這何嘗不是他的「性格底蘊」中的重要成分呢？視而不見地就予以割裂、淡化，不是還原李叔同完整歷史面貌、人格特質的正確態度。

即使是晚年的李叔同，看似閒雲野鶴，孤來獨往，其實愛國之情也並無稍減，我們可以看到他不斷地在鼓吹「念佛不忘救國，救國不忘念佛」的理念，而且也有所實踐。因此，在悲涼、傷逝之外，我們實在不能忽略李叔同基本性格中的另一主調：積極入世，熱血憂國。

二

李叔同早年的入世情懷，可以從豐子愷於一九五八年編的《李叔同歌曲集》中的一首〈祖國歌〉中感知一二。這首歌是李叔同於一九〇五年二月所作，二十六歲的他，藉此表達出對國族的熱愛、國民的期許，很能振奮人心。其中一段寫道：

> 國是世界最古國，民是亞洲大國民。烏乎，大國民！烏乎，唯我大國民！幸生珍世界，琳琅十倍增聲價。我將騎獅越崑崙，駕鶴飛渡太平洋。誰與我仗劍揮刀？烏乎，大國民，誰與我鼓吹慶昇平！

全詞雍容大度，豪情萬丈，作者的大我之愛充分流露。而在同一年，李叔同編印了一本《國學唱歌集》，所收作品更是洋溢著青年的銳氣，如〈愛〉：「愛河萬年終不涸，來無源頭去無谷。滔滔聖賢與英雄，天地毀時無終窮。願我愛國家，願國家愛我；願國家愛我，靈魂不死者我。」又如〈男兒〉一首，他如此雄心地立下志願說：「男兒自有千古，莫等閒覷。孔、佛、耶、回精誼，道毋陂岐。發大願作教皇，我當爐冶群賢。功被星球十方，贊無數年。」這種氣魄與自許，正是早年李叔同積極入世心態的直接表白。

李叔同二十六歲時，為求救國之道，下定決心東渡日本留學。去國前夕，他作了一首〈金縷曲——將之日本，留別祖國，並呈同學諸子〉，詞中寫道：

> 披髮佯狂走。莽中原，暮鴉啼徹，幾株衰柳。破碎河山誰收拾，零落西風依舊，便惹得離人消瘦。行矣臨流重太息，說相思，刻骨雙紅豆。愁黯黯，濃於酒。
>
> 漾情不斷淞波溜。恨年來絮飄萍泊，遮難回首。二十文章驚海內，畢竟空談何有？聽匣底蒼龍狂吼。長夜淒風眠不得，度群生那惜心肝剖？是祖國，忍孤負！

這首詞充滿了他對國事的憂心，入世欲有作為的抱負顯露無遺。從一開始以伍子胥「披髮佯狂」自比，說明這次渡日是懷抱著一片報國之心，因為國事已如「暮鴉」、「衰柳」。面對殘破河山，李叔同歎息不已，離情別緒如吳淞江的水流，激盪翻騰。回想十九歲時遷居上海加入城南文社後，所作詩詞，名列第一，文壇矚目，然而，畢竟只是空談，於國事無益，因此，他決定到日本留學，習藝以救國。

赴日之前的李叔同，因耳聞目睹國事日非，早就以詩詞表達出憤憤不平的憂國心情。如他二十一歲（一九〇〇）出版《李廬詩鐘》，在自敘中曾說：「又值變亂，家國淪陷，山丘華屋，風聞聲咽，天地頓隘，啼笑胥乖。」又如二十二歲（一九〇一）自編的《辛丑北征淚墨》，那是他於辛丑年（一九〇一）清明節前夕赴津探親、再返滬時，一路上看到因八國聯軍侵略而造成的斷垣殘壁、百姓流離，感慨良深所寫的詩作結集。其中的詩句如：「杜宇啼殘故國愁，虛名遑敢望千秋。男兒若論收場好，不是將軍也斷頭」（〈感時〉）；「感慨滄桑變，天邊極目時」、「河山悲故國，不禁淚雙垂」（〈日夕登輪〉）；「勸君莫把愁顏破，西望長安人未還」（〈輪中枕上聞歌口占〉）等，完全是一片沉重、激越的愛國心聲。這是早年的李叔同，一個憂國心切的青年典型。一九〇三年，他在〈前塵〉詩中寫道：「冰蠶絲盡心先死，故國天寒夢不春」；一九〇四年，他在上海籌組滬學會後寫道：「自由花開八千春，是真自由能不死」。滬學會是李叔同與穆恕齋（一說是黃炎培、許幻園）等人，在上海創辦的組織，宗旨是宣傳講究衛生、移風易俗、廣開風氣等，並附設補習科。從這些詩句，以及具體的實踐行動中，誰也不能否認這是他早期的「性格底蘊」吧！

赴日之後的李叔同，由於全心投入西洋音樂、繪畫、新劇的學習，詩詞創作減少，但在其不多的作品中，仍表達了人在異域、心繫祖國的強烈情懷。如〈東京十大名士追荐會即席賦詩〉中云：「故國荒涼劇可哀，千年舊學半塵埃。沉沉風雨雞鳴夜，可有男兒奮袂來！」；一九〇六年，二十七歲的李叔同在東京編輯《音樂小雜誌》，第一期中就發表了他所寫的樂歌〈我的國〉：

東海東，波濤萬丈紅。朝日麗天，雲霞齊捧，五洲惟我中央中。二十世紀誰稱雄？請看赫赫神明種。我的國，我的國，我的國萬歲，萬歲，萬萬歲！

崑崙峰，縹緲千尋聳。明月天心，眾星環拱，五洲惟我中央中。二十世紀誰稱雄？請看赫赫神明種。我的國，我的國，我的國萬歲，萬歲，萬萬歲！

歌中洋溢著奮起直追的豪情、愛國不落人後的雄心，以及對國家光明未來的高度期許。而正在這一年，他加入了同盟會，化雄心壯志於具體實踐的救國組織中。

留學日本期間的一些詩詞，清楚反映了他的愛國情操。如「夢裏家山渺何處，沉沉風雨暮天西」（〈醉時〉）；「昨夜星辰人倚樓，中原咫尺山河浮」（〈昨夜〉）；「雞犬無聲天地死，風景不殊山河非」（〈初夢〉）；「說甚無情，情絲踠到心頭。杜鵑啼血哭神州，海棠有淚傷秋瘦，深愁淺愁難消受，誰家庭院笙歌又？」（〈隋堤柳〉）等，均是這種熱血情懷的抒發。

三

一九一〇年，三十一歲的李叔同離日返國。第二年，民國成立，李叔同的心情由深感國事日非、回天無力的憂愁，一轉為充滿喜悅的高亢、振奮。他著名的詞〈滿江紅——民國肇造誌感〉就是最好的說明，詞中寫道：

皎皎崑崙山頂月，有人長嘯。看囊底，寶刀如雪，恩仇多少。雙手裂開鼷鼠膽，寸金鑄出民權腦。算此生，不負是男兒，頭顱好。

荊軻墓，咸陽道。聶政死，屍骸暴。盡大江東去，餘情還繞。魂魄化成精衛鳥，赤血濺作紅心草。看從今，一擔好山河，英雄造。

對民國的誕生，他有無限的憧憬；對革命烈士的捐軀，他有不盡的感念。這時的李叔同，沒有消極的出世幻夢，只有積極的入世抱負。像這樣豪放的作品還有，如第二年所作的愛國歌曲〈大中華〉，歌詞也是激勵人心：

> 萬歲，萬歲，萬歲！赤縣膏腴神明裔。地大物博，相生相養，建國五千餘歲。振衣崑崙之巔，濯足扶桑之澨。山川靈秀所鍾，人物光榮永垂。猗歟哉，偉歟哉，仁鳳翔九畿！猗歟哉，偉歟哉，威靈振四夷！萬歲，萬萬歲，萬萬歲！

他特地選用意大利英雄歌劇《諾爾瑪》中的豪邁的進行曲旋律來配樂，顯見其用心。

就是這種年輕人的愛國赤忱，他在一九一二年加入了著名的革命文學團體「南社」，並積極投入同盟會的機關刊物《太平洋報》的編輯工作。「南社」的三位發起人柳亞子、高旭、陳去病，都是同盟會的成員，高旭還是同盟會江蘇分會的會長，而「南社」的命名，正是為了要「反對北庭」（柳亞子語），有「寓不向滿清之意」（陳去病語）。李叔同的加入，正說明了他以革命和愛國為己任的熱情，而《太平洋報》的陣容，也差不多是南社的社友。

雖然，我們也看到李叔同有許多詩作是與藝妓酬答，寄情聲色，根據資料，他在天津、上海交往過的風塵女子確實不少，如坤伶楊翠喜、歌郎金娃娃、名妓朱慧百、李蘋香、謝秋雲、高翠娥等。如果，我們將這些酬答詩視為古代的豔情詩，而認為他有「遊戲人生」的消極心態，恐怕是過於簡單、表面的看法。這只要看看他的詩句中所傳達的愁緒憂憤即可明白。例如〈書贈蘋香〉：「殘山剩水說南朝，黃浦東風夜春潮。河滿一聲驚掩面，可憐腸斷玉人簫。」沒有聲色之娛，只有家國之痛；又如〈二月望日歌筵賦此疊韻〉中說：「樽前絲竹銷魂曲，眼底歡嬉薄命花」，隨即話鋒一轉：「濁世半生人漸老，中原一髮日西斜。只今多少興亡感，不獨隋堤有暮鴉。」還是對歷史興亡的無奈；在〈金縷曲——贈歌郎金娃娃〉中，李叔同甚至為自己提出辯護說：「奔走天涯無一事，問何如聲色將情寄，休怒罵，且遊戲。」可見詩人之意不在酒，而是藉此聊抒一介書生的滿腹牢騷罷了。他的人生觀絕不是頹廢、消極，而是極為沉痛、矛盾的。因此，藝妓朱慧百就語重心長地說：「漱筒名士，過談累日，知其抱負非常，感事憤時，溢於言表」，這真是知音之言，也說明了李叔同早年所懷抱的愛國熱情。

四

從以上對其早期詩作的分析中，我們不難看出少年、青年的李叔同，主要的人生基調是追求大我之愛。他有理想、抱負，也實際投入文化工作以鼓吹救國愛國情操。這一點，余涉的看法很值得參考：

> 在李叔同從一八九八年遷居上海到一九一一年民國成立這段時期所作的詩詞中，十分清晰地顯示了他的心情劇烈變化的軌跡：由小我身世之感，逐漸昇華為對國家、民族的命運和前途的憂患意識，後來又把這種憂患意識轉化為救國救民的參與意識。簡單地說，也就是從憂身到憂國，從憂國到報國。

從翩翩名士、倜儻才子到實際投入革命文化工作，李叔同的心理轉折，從這些詩詞中可以清楚地了解。可以說，在他三十九歲（一九一八）正式出家以前，他的內心固然有一些對時局的無奈、現實生活的不滿，以及對彼岸世界的嚮往，但無可否認的，積極入世以救國，才是早年的李叔同所思考、關懷的主要議題。

李叔同的出家，原因不止一端。民國成立後的政局依然混亂，他的期望逐漸落空，而感到內心痛苦，是原因之一，而夏丏尊的影響也是其一。李叔同在〈我在西湖出家的經過〉一文中，提到在民國二年（一九一三），有一次他和夏丏尊到湖心亭吃茶，夏丏尊對他說：「像我們這種人出家做和尚倒是很好的」，李叔同寫道：「那時我聽到這句話，就覺得很有意思，這可以說是我後來出家的一個遠因了。」一直要到民國五年，因看到日本雜誌上介紹斷食方法，謂可治療各種疾病，於是他到虎跑寺去斷食，住了半個多月，看到出家人的生活，覺得「喜歡而且羨慕」，他說：「我之到虎跑寺去斷食，可以說是我出家的近因了。」由他的自述可知，民國二年時，三十四歲的李叔同，才開始接近出家因緣，萌生出世的心念，在那之前的李叔同，從藝術學習、教育工作、編輯活動，以及參與革命、文化團體等實際事務中，很明顯的可以看出，他是一個憂國、愛國、救國的熱血青年，一點也不消極，更與他最終的遁入空門，沒有太大的關係。

五

即使是遁入空門，李叔同絕非萬念俱灰，更不是超然出世，不問世事，相反的，他對國家、民族、人民的熱愛依然不減。弘法之餘，他不間斷地熱心培養青年學僧；當國事日非、戰火蔓延時，我們又看到了他年輕時那股救國入世的高貴情操。一九三七年五月，廈門市舉行第一屆運動會，五十八歲的李叔同親自撰寫了會歌：

禾山蒼蒼，鷺水蕩蕩，國旗遍飄揚。健兒身手，各獻所長，大家圖自強。你看那，外來敵，多麼猖狂！請大家想想，切莫再徬徨！請大家在領袖領導之下把國事擔當。到那時，飲黃龍，為民族爭光，到那時，飲黃龍，為民族爭光。

不僅寫詞，他還譜了曲，希望能激勵國人發揚抗日愛國精神。此一舉止，不正是我們熟悉的李叔同年輕時的身影嗎？

也是這一年的八月十三日，日軍向上海發動攻擊，這是繼盧溝橋事變後，日本更大規模的侵華行動，至此，我國進入了全面的抗日戰爭。由於戰況危急，上海外僑準備撤退，廈門也受波及，各方力勸在廈門的他趕緊撤離，然而，他卻不為所動，自題其居室曰「殉教堂」，並說：「為護法故，不怕炮彈」；對於日本的侵略，他極表憤慨地說：「吾人吃的是中華之粟，所飲是溫陵之水，身為佛子，於此時不能共紓國難於萬一，自揣不如一隻狗子！」不僅如此，他還到處書寫「念佛不忘救國，救國不忘念佛」，並加跋語云：「佛者，覺也。覺了真理，乃能誓捨身命，犧牲一切，勇猛精進，救護國家。是故救國必須念佛。」這些心志的表達，使我們看到了弘一大師在宗教律法之外的另一面目。這不是突然的行為，而是在他的性格底蘊中一直就有著這種積極入世的傾向，從年輕到年老，這種性格其實是頗為一貫的。

當然，從李叔同早年的詩詞中，我們承認他是有一些感傷、懷舊的情調，但是，絕對不能忽略他性格中的另一主調：積極、入世，這才是余涉編選《李叔同詩全編》所要完整呈現的意旨，也是我們透過此書，重審弘一大師才情及其生命情調時應有的正確態度。

輯三

見證生命流轉的「斜川之遊」

——蘇軾〈江城子〉詞

〈江城子〉

夢中了了醉中醒，只淵明，是前生。走遍人間，依舊卻躬耕。昨夜東坡春雨足。烏鵲喜，報新晴。

雪堂西畔暗泉鳴，北山傾，小溪橫。南望亭丘，孤秀聳曾城。都是斜川當日境。吾老

矣，寄餘齡。❶

蘇軾於宋神宗元豐五年壬戌（一〇八二）的春天，因躬耕於東坡，築雪堂而居，見其地之景致宛如陶淵明昔日遊斜川之所歷，心有所感，遂作此詞。蘇軾一生馳意於陶淵明，五十七歲知揚州時開始寫了〈和陶飲酒二十首〉，晚年在嶺南，更是盡和陶詩，他對陶淵明之人品、詩風不僅贊賞，而且是心嚮往之，因此在蘇軾的詩作中有很多是和陶淵明所作。不過，在詞的部分則相對較少，這首〈江城子〉是其中之一，其異代同調之感，惺惺相惜之情，充溢於字裏行間，殷情深意，實堪玩味。因此，本文試對此詞作一賞析，以知其懷抱，見其風流，想其真情。

一

蘇軾的詞，一旦懷古便多感慨，一涉政事則多指喻，一談到人生，則雖有歎息，但更常顯示出樂觀的態度及超脫的智慧。這首詞雖未直涉政事，但在懷思淵明的情緒轉換中，時而超脫幻想，時而慨歎現實，表現了他一貫的人生態度與處世哲理。

❶ 龍榆生校箋《東坡樂府箋》，卷二，臺北，華正書局，一九八三年，頁一三七。

在詞的小序中，蘇軾明白說出了他作此詞的動機與背景：

> 陶淵明以正月五日遊斜川，臨流班坐，顧瞻南阜，愛曾城之獨秀，乃作斜川詩，至今使人想見其處。元豐壬戌之春，余躬耕於東坡，築雪堂居之，南挹四望亭之後丘，西控北山之微泉，慨然而歎，此亦斜川之遊也，乃作長短句，以江城子歌之。

一樣是新春時節，一樣是有山有水的清景勝境，然而那位採菊東籬的隱者卻已不再有，只能在恍若斜川之遊中，想見其處，追慕其人，蘇軾之慨歎在於此，其自慰亦在於此。陶淵明作斜川詩是在南朝宋永初二年（四二一），隔了六百六十年，蘇軾發出了相同的喟歎。陶淵明作此詩時是五十七歲，在他的〈遊斜川〉詩序中寫道：

> 悲日月之遂往，悼吾年之不留。❷

明顯傳達了對歲月飛逝，年華已去的哀愁。不同的是，作〈江城子〉時的蘇軾是四十七歲，

---

❷ 逯欽立校注《陶淵明集》，卷二，臺北，里仁書局，一九八二年，頁四四。

雖然他也有「吾老矣」的無奈，但是他有陶淵明可寄託，可以藉陶淵明的曠達閒逸，來澆自己心中塊壘，而陶淵明則只能藉酒來消愁解憂，他說：

> 提壺接賓侶，引滿更獻愁。
> 未知從今去，當復如此否。
> 中觴縱遙情，忘彼千載憂。
> 且極今朝樂，明日非所求。

以酒澆愁放懷，但求今日歡樂，不問明日得失的生命態度，是陶淵明的處世之道，也是中國歷來在政治上失意的知識分子，安頓自己的一條途徑，蘇軾也不例外。蘇軾以淵明為知己，淵明以酒為知己，其對象不一，但憂樂的心境則無二致。一趟「斜川之遊」，見證了兩人在生命境界上相似的流轉軌跡。

「夢中了了醉中醒，只淵明，是前生。走遍人間，依舊卻躬耕。」蘇軾在詞的開頭，就點出了自己與陶淵明異代同調的惺惺相惜。他運用虛實相間的敘述手法，如在夢中，卻又分明，似已酩酊，卻又清醒，這人事的糾葛，世情的無常，不正是一場大夢嗎？是醒是醉並不重要，因為他的前生是淵明。

陶淵明自二十九歲開始，斷斷續續做過江州祭酒、鎮軍參軍、建威參軍這類小官，每次時間都很短。三十九歲開始，不得不參加農事勞動，來維持衣食。但是「耕植不足以自給」❸，又不得不出仕。最後一次出仕，是四十一歲那年，做了八十五天的彭澤令。由於他不滿現實的黑暗，厭惡官場的污濁和愛好自由生活，當郡裏一位督郵來彭澤縣時，要他束帶迎接，以示敬意，他便說：「我豈能為五斗米，折腰向鄉里小人！」❹即解綬去職，賦〈歸去來兮辭〉，歸隱家鄉。此後，一直隱居田園，過了二十三年的隱逸生活，最後在貧病交迫中死去，享年六十三歲。

陶淵明並非一開始就意在田園，他年輕時也是頗有豪氣的。「少時壯且厲」（〈擬古〉）、「猛志逸四海」（〈雜詩〉），希望通過出仕為官的途徑，幹一番事業，實現「大濟蒼生」的宏願。但是，當他面對黑暗的政治、污濁的官場、殘酷的現實時，既無力去撥亂反正，又不肯同流合污，因而只好「逃祿歸耕」，走上了「擊壤以自歡」❺的道路，把隱居田園作為寄託

---

❸ 陶淵明〈歸去來兮辭〉：「余家貧，耕植不足以自給。」見前揭書頁一五九。

❹ 蕭統〈陶淵明傳〉。

❺ 陶淵明〈感士不遇賦〉：「或擊壤以自歡，或大濟於蒼生……彼達人之善覺，乃逃祿而歸耕。」同❷，

生命的天地。從志在四海，到逃避現實、退隱歸田，這就是陶淵明一生的生活道路。

陶淵明一生走過的道路，蘇軾也同樣經歷過。雖然蘇軾不像陶淵明整個投進田園生活中，以詩酒自娛，從此不問政治，但他在這首詞中所流露的正是「走遍人間」之後，依舊退回田園躬耕的心願。這種心願的滋萌，和陶淵明一樣，也是「人生在世不稱意」之後的選擇。

蘇軾一生的昇沉、進退，幾乎都是被激烈的政治鬥爭所決定。他四十年的仕宦生活，數度出入朝廷，雖有順境，更多坎坷。從他二十六歲初任陝西鳳翔府判官，到四十四歲身陷「烏臺詩案」，這十八年當中，除因父喪回蜀之外，在朝任官不足四年，大部分時間是在杭州通判和密州、徐州、湖州太守任上。當他自「烏臺詩案」出獄貶居黃州以後，到貶謫嶺南以前，又經歷了十四年險惡的政治風浪，他雖得到召用，歷任翰林學士、中書舍人、侍讀及兵部尚書等要職，但他處在新、舊兩黨夾擊之中，也曾三次離開朝廷，出任杭州、潁州、定州太守。到了晚年，蘇軾被貶居嶺南，從哲宗紹聖元年（一〇九四）到元符三年（一一〇〇），蘇軾先後被放逐惠州、儋州，謫居七年。哲宗死後，他獲得度嶺北歸，直到死前半年才正式獲赦。可以說，他的一生都在政治的漩渦中流轉，在動盪遷徙中度過，因此，安定的耕讀生活自然成為他的夢想，而東坡雪堂也就成了他心靈遊憩的夢土。

頁一四七。

夢土不是物質堆砌而有，乃是精神構築所得。其實，陶淵明的斜川之遊，不過是臨川而坐，見南山（即廬山）、曾城山之秀美，心有所喜罷了；而蘇軾的斜川之遊，也不過見雪堂「南挹四望亭之後丘，西控北山之微泉」，覺得「都是斜川當日境」，心有所悟罷了。這兩次的「斜川之遊」，不是自然界景物有多絕美，而是主觀心境的渴望遠離人事紛擾所致。

由於遠離了污濁的塵世，周遭的一切就顯得清新、乾淨、動人，內心對自然界的景境也有了更深一層的體貼，因此，蘇軾才會覺得「昨夜東坡春雨足。烏鵲喜，報新晴」。一場春雨，滋潤了大地，也同時撫慰了他的心靈，當烏鵲輕鳴，詞人內心的喜悅也油然而生，昨夜雨逝，迎接他的已是一番新晴。

這種心情，和陶淵明在〈歸園田居〉中所流露的並無二致。陶淵明對自己「誤落塵網中，一去十三年」的仕途，深感悔歎，因為就如「羈鳥戀舊林，池魚思故淵」一般，他一心只想歸回田園。一旦夢想成真，他對生活瑣事也不禁讚美歌頌起來，例如「曖曖遠人村，依依墟裏煙。狗吠深巷中，雞鳴桑樹巔。」這些平常之景、事，在他眼中都充滿了情趣，而有「久在樊籠裏，復得返自然」的解脫與喜悅。

這種境界的達到，並非一蹴而幾，而是在人間諸多跋涉之後的體驗所得。從「人間」到「躬耕」，這轉變正是一位詞人在心靈上成長、超脫的軌跡。這首詞的上片，正是道出回到田園後的內心感受。傅幹注東坡詞時云：

> 世人於夢中顛倒，醉中昏迷，而能在夢而了，在醉而醒者，非公與淵明之徒，其誰能哉？❻

這段話也說明了蘇、陶二人的清醒、自在，確屬難能。若非有一份洞澈世事、了然塵俗的感悟超拔，恐難臻此境界。

在修辭技巧上，夢／了、醉／醒，人間／躬耕的幾處對比，強烈表示了塵世／田園的不相容，與作者自己無悔的選擇。

二

詞的下片，則更進一步描繪具體實景，將東坡、雪堂做了清晰的圖示，一方面使讀者如歷其境，一方面也明白指出，這與當年陶淵明所歷之境極為類似。雖然，真實景物的雷同令他興起似曾相識之感，但更重要的，恐怕是內心感受的雷同才真的讓他與陶淵明有異代同遊

❻ 同❶，頁一三八。

的同感。

「雪堂西畔暗泉鳴，北山傾，小溪橫。南望亭丘，孤秀聳曾城。都是斜川當日境。吾老矣，寄餘齡。」這裏直接點出了作者對陶淵明斜川之遊的嚮往，不論是暗泉、北山、小溪、亭丘，都讓他聯想及陶淵明昔日之旅。當蘇軾抬頭四望，他看到了真實的景物，也看到了陶淵明的身影。站在「東坡」上，他用「西畔」、「北山」、「南望」，對四方之景作了「全方位」的觀察，這是此詞的一項特色，重要的是，他並沒有「四顧茫然」，反而對自己未來的躬耕田園生活充滿了信心與希望。

在對東坡實景的描寫上，他一連運用了「鳴」、「傾」、「橫」、「聳」等動詞，使景物立刻鮮活生動起來，而這種動態的實景，與他平靜的內心世界恰成一種平衡的對比。和陶淵明一樣，他對大自然的欣賞，不僅有其靜照的客觀態度，理智地欣賞自然形相之美，而且另一方面又有其執著的主觀態度，把自我的生命情調灌注到大自然裏，使自然與自我間震盪交融，交織成和諧之美。

在敘述完這些自然景物後，蘇軾話鋒一轉，感慨萬千地自語道：「吾老矣，寄餘齡」。四十七歲的蘇軾，在東坡躬耕以居，自認尋到了心靈的寄託，對過去在宦途中的浮沉得失，正如陶淵明在〈歸去來兮辭〉中所言：

> 悟已往之不諫，知來者之可追。實迷途其未遠，覺今是而昨非。

雖然這時的蘇軾仍為黃州團練副使，並未絕意仕途，但他確實看清了自己的處境與生平懷抱，而只好希望今後能在此度過餘生。清人王文誥《蘇文忠公詩編注集成總案》❼卷二十一中對此補充道：

> 公得廢圃於東坡之脅，築而垣之，葺堂五間，堂成於大雪中，因繪雪於四壁，榜曰東坡雪堂，始自號東坡居士，作雪堂記。以雪堂酒為義樽，身耕妻蠶，將以卒歲。

由此可見，他確實有心學陶淵明歸回田園，飲酒、耕作、為文，以此自娛，聊以卒歲。

其實，四十七歲的蘇軾，並非真以年歲之故而發避世之想，他的「歎老」，實為「嗟卑」，乃因無情政治的連番打擊，令他心灰意冷，才萌退意。當他五十歲時，還回朝任禮部郎中、起居舍人，不久又升為翰林學士、禮部尚書、端明殿學士等要職，足見「致君堯舜上，再使風俗淳」的雄心壯志一直都在，並未遺忘，這一點，恐怕是他和陶淵明不同的地方。

---

❼ 臺北，學海出版社，一九九一年。

當然，陶淵明的人品、詩品，一直都是蘇軾欽仰、仿傚的對象。他在紹聖四年（一〇九七）十二月寫給弟弟蘇轍的信中有一段話說：

> 吾於詩人無所甚好，獨好淵明之詩。淵明作詩不多，然其詩質而實綺，癯而實腴，自曹劉鮑謝諸人皆莫及也。吾前後和其詩凡一百有九篇，至其得意，自謂不甚愧淵明……然吾於淵明豈獨好其詩也哉？如其為人深有感焉。❽

蘇軾之馳意於陶淵明者，確實不僅是作品而已。他是有感於陶淵明不肯為五斗米折腰，而自己卻「平生出仕，以犯世患」，「所以深愧淵明，欲以晚節師範其萬一」❾。這也就是為什麼當他在東坡，見到「斜川當日境」時，會不禁興起「身耕妻蠶，將以卒歲」的念頭。

同樣在政治上的失意之旅，造就了前後兩大作家的相知相契，不管是入世也好，出世也好，他們都清醒自在，安然知足。斜川之遊，在他們的生命歷程中，也許並不是最重要的轉捩點，但卻都見證了他們生命中一段重要的流轉軌跡。

---

❽ 見王文誥《蘇文忠公詩編注集成總案》卷四十一。

❾ 同❽。

和陶淵明一樣，不論外界的打擊如何險惡淩厲，不管物質環境如何簡陋蕭然，蘇軾縱有感慨，卻不曾失去對人生希望的肯定與美好夢土的追尋，在自己心靈的桃花源裏，他們都過得積極快樂，充滿活潑的生命力。即使在詞中他說「吾老矣」，可是，我們也別忘了：一陣充沛的春雨之後，鵲聲報喜，迎接他的仍是一片清朗光霽的新晴好景！

肉體經驗的懺悔錄

——明代禁毀小說《癡婆子傳》

一

中國有「禁毀小說」，是一種複雜的歷史存在。假如我們將秦始皇「焚書坑儒」作為中國禁書史的序幕，則歷代王朝中央或地方查察禁書的歷史已有二千多年了。在這其中，以敘事為主的「小說」，因其內容的大量觸及男女情愛，描摹才子、佳人、俠客、奇士的種種人生體驗，或是馳騁想像於神道傳聞，使其在以維護聖賢之道為己任的傳統士大夫眼中，不免流於「浮薄輕佻」❶；而在極端專制的封建政權統治者心中，也很容易被冠以「邪說異端」

---

❶ 如清錢大昕說：「唐士大夫多浮薄輕佻，所作小說，無非奇詭妖蠱之事，任意編造，誑惑後輩。……宋元以後，士之能自立者，皆恥而不為矣」。見《十駕齋養心錄》卷十八。

的罪名❷，而被明令禁毀。至於一些對政權鞏固有直接危害的書，更是難逃查禁的命運，甚至造成文字獄等大規模的迫害事件。

在禁毀小說的數量上，以內容淫穢、造反者居多。特別是前者。這當然是和過去封建社會中「禮教禁欲主義」的極端發展有關。宋代程朱理學末流所強調的倫理道德觀，直接造成對人的本性的桎梏與異化，於是以描寫婚姻家庭、男女情愛等現實生活內容的小說，例如《紅樓夢》，也都因「誨淫」而被禁，遑論一般描寫兩性關係的作品了。中晚明以來，由於朝政腐壞，宮廷淫亂之風日熾，加上對理學名教的反動，形成整個社會風氣的日趨淫靡，影響所及，一些帶有性行為描寫的小說也應運而生。尤其在明末清初，受《金瓶梅》的影響，還出現了一批敘述淫蕩之事，性描寫十分赤裸的小說。這些令人「觸目驚心」、「有傷風俗」的書，幾乎在每一張禁書單上都被排在前列。

周作人曾說：「極端的禁欲主義即是變態的放縱」❸，誠哉斯言。禁欲與放縱經常是在一線之間。一切不合乎自然人性發展的限制，終究會生出一股反動的力量，或在陰暗處存在

❷《英宗實錄》卷九十載，明正統七年，國子監祭酒李時勉曾上奏請禁毀《剪燈新話》等小說，認為「若不嚴禁，恐邪說異端日新月盛，惑亂人心，實非細故。」即是一例。

❸見〈重來〉，收入《周作人先生文集・談虎集上卷》，臺北，里仁書局，一九八二年，頁一一一。

著，或在尋找罅隙以求衝破枷鎖。以小說而言，上焉者刻畫人性，歌頌愛情，文與情並茂，如《醒世姻緣傳》、《玉嬌梨》、《紅樓夢》等；下焉者張揚肉欲，鋪陳醜態淫聲，如《繡榻野史》、《浪史》、《燈草和尚》、《濃情快史》等。這類小說的出現，且不論其藝術價值的高低，至少在對封建禮教的衝擊上，都起了一些作用。當假道學的「滿口仁義道德」與封建社會秩序緊密結合，形成極端的禁欲主義時，市井小民的「男盜女娼」心理就不免可視為是「變態的放縱」了。

當然，禁欲與放縱都是一種極端，對上述一些帶有強烈性刺激，性挑逗意味的色情描寫，我們必須抱持一種文化批判的態度。有時候，「反禮教」也會和「禮教」一樣成為「神聖的藉口」，使「意欲媟語，而未能文」❹的創作者更加肆無忌憚。今天，我們面對這類遭禁毀的「淫詞小說」，必須剝除其正反兩面的禮教外衣，還其本，究其實，站在諸如社會史、文化史、風俗史等不同角度加以審視，才能有益於我們對中國古代思想文化及其進程的檢討。

二

在遭禁毀的「淫詞小說」中，署名「芙蓉主人輯，情癡子批校」的明代文言小說《癡婆

❹ 見魯迅《中國小說史略》。

子傳》，正是一部披著禮教外衣的「小書」（魯迅語）。它的內容充滿了大量且大膽的性描寫，毫不保留地將一位淫蕩女子的肉體經驗赤裸裸地呈現出來，雖然，在書序與故事結尾，作者有意賦予警世醒世的道德意義，藉以說明書中主人翁淫亂的行為是「不得已的墮落」，最後並自食惡果，來達到其勸誡教化的目的，然而，這樣的企圖終究是失敗的，它不免仍被冠上「淫書」之名。

在另一本淫書《肉蒲團》的第三回中有云：「未央生要助他（指未央生之妻）的淫興，又到書鋪中買了許多風月之書，如《繡榻野史》、《如意君傳》、《癡婆子傳》之類。」第十四回又再度提到：「那丈夫所買之書，都是淫詞褻語，《癡婆子傳》、《繡榻野史》、《如意君傳》之類。」因此，清初劉廷璣的《在園雜誌》才會認為：「近日之小說，若《平山冷燕》、《情夢拆》、《風流配》、《春鶯柳》、《玉嬌梨》等類，佳人才子，慕色慕才，已出之非正，猶不至於大傷風俗。」但是，他卻把《癡婆子傳》與《肉蒲團》、《浪史》等並提，抨擊為「流毒不盡」，力主禁毀。

這部上下兩卷的中篇文言小說，又名《癡婦說情傳》，有寫春園叢書本、石印本及多種抄本流傳。在日本則有京都聖華房刊本，題「情癡子批校」、「芙蓉主人輯」，前有目錄三十三則，為全書的內容提要，也是全書的小標題，但在正文中並沒有回目標題。前有序，署「乾隆甲申歲（二十九年，一七六四）挑浪月書於自治書院」；末有短跋，署「明治辛卯春日木規子題」。臺灣天一出版社於一九八五年出版之「明清善本小說叢刊」的《癡婆子傳》即據此本影印；臺灣丹青圖書公司也曾據此版本印行，收入《中國古豔稀品叢刊》第一輯；一九九四年，臺灣雙笛出版公司再根據此本重新加上新式標點排印，內容相同，惜標點時有錯置。孫楷第《中國通俗小說書目》謂馬隅卿有抄本亦三十三則。至於此書的寫作年代，據考證當為明季作品，因為在清代三餘堂復明本《東西晉演義》所載的無名氏序言，以及康熙間劉廷璣《在園雜誌》都提到此書，而上述明末清初李漁作的《肉蒲團》中也提到《癡婆子傳》，故本書作於明代無疑❺。

小說的內容主要是敘述一個女子與十三名男子（含其夫）的風月情事。故事開頭介紹女主角出場時，已是「年已七十，髮白齒落」而又「逸態飄動，豐韻瀟灑」的老嫗，寄於陋巷，因其喜與人談自己年輕時的風流故事，故人稱「癡婆子」，加上此書是第一人稱自述觀點，因名《癡婆子傳》。書從癡婆子回答一筇客的訪問揭開序幕，侃侃大談其「一生佳事」，直到上卷末云：「今已日暮，未得罄予所言，明日當再過予以告。」筇客曰：「唯唯。」下卷緊

❺見雙笛版〈癡婆子傳序言〉，頁四一；另見李時人主編《中國禁毀小說大全》之頁三八一，安徽黃山書社，一九九二年出版。

接著說：「昨與子言，未竟其說，今為子陳之。」至於這位老媼花了兩天所陳所言的往事，則全是自述其由少女變成蕩婦的過程，堪稱是其一生肉體經驗的懺悔錄。

癡婆子首先介紹自己的原名是上官阿娜，有妹嫻娟。八歲時曾作詠梅詩，有句「不從雪後爭嬌態，還向月中含麗情。」被父斥為：「他日必為不端婦。」十二、三歲時，每攬鏡則自憐不已。又將被父母斥為「淫風不許誦」的《詩經》情詩熟讀而默誦之，但對其中男女相悅篇章疑而不解，於是乘間以夫婦男女之事請教北鄰之少婦。這位北鄰少婦，善於風情，為其詳述男女兩性之別、交合之道和情事之樂。從此情竇初開，起嘗試之念，欲得一人以少試。適其年歲相仿的表弟慧敏就學宿於其家，因年幼夜同寢處，乃試之，接連旬日，略知其事。後為母所覺而罷。十四、五歲時更加豔美，十七、八歲而情熾，肉欲難抑，見家僮名俊者，色麗而善歌，悅而挑之，歡會於夜暮曲廊之中。

十八歲時，阿娜嫁給儒生欒克慵為妻。因夫游學他郡，空房難守，遂勾引俊僕盈郎，兩情歡洽，以至不擇時地。偶為另一奴僕大徒及大伯克奢發現，又相繼失身於彼二人。不久，又與其嫂沙氏同為欒翁奸佔，亂倫共淫無忌。而後愈加放浪，先後與小叔克饕、妹婿費生、戲子香蟾偷情。甚至入寺燒香，也被寺僧如海及其師共污之，最後面臨生子卻不知其父的窘境。但她仍不知悔改，竟鍾情於其子塾師谷德音，曲意承歡，但知有谷，不復顧及他人，引起「共憤」，而使其與谷的姦情敗露，被夫毒打後，休回娘家，時年三十九歲。

子然一身返回娘家的阿娜，每出入皆為眾人所指：「此欒家敗節婦也。」因此悲淒自省道：「當處深閨時，惑於少婦之言而私慧敏，不姐也；既為婦，私盈郎，又為大徒所劫，亦不主也；私翁私伯，不婦也；私饔，不嫂也；私優復私僧，不尊也；私谷，不主人也。一夫之外，所私者十有二人，罪應莫贖，宜乎夫不以我為室，子不以我為母。煢煢至今，又誰怨焉？」因而咬指出血曰：「誓不作色想。」從此持念珠服長齋，俯首悔過，斷絕塵緣，如此苦修三十年，萬念灰死。聞其子有聲於鄉里，亦不動心矣。

以上是書中主角的自述大要。從她的回憶中，我們看到了她淫亂不知節制的一生，也對她後來的苦志懺悔感到同情。從一位本是名門閨秀、不解風月的天真少女，因對兩性關係的缺乏正確認識，以及情欲發展的偏差，竟一再淪落下流，放縱不知檢點，最後落得休妻、為鄉里嘲笑的下場，這其中實有值得深思之處。

三

對於這部「風月書」背後的警世寓意，姓名不詳的作者其實在多處均清楚地加以說明，例如前述阿娜最後的自省即是對於耽於肉欲的錯誤做了明白的總結；又如小說末尾作者所謂

「是書乃正閨閫，嚴防閑之助。」也是說明作者的本意，就是要通過一個少女墮落的過程來警誡世人，特別是閨閣女子，以達到止淫勸善的目的。當然，最完整而系統的檢討與揭示，見於書前的原序。從序文中，我們可以了解作者著書的動機，以及作序者對這個問題的分析與論述。序文如下：

> 從來情者性之動也。性發為情，情由於性，而性實具於心者也。心不正則偏，偏則無拘無束，隨其心之所欲，發而為情，未有不流於癡矣。矧閨門衽席間，尤情之易癡者乎？嘗觀多情女子，當其始也，不過一念之偶偏，迨其繼也，遂至欲心之難遏。甚且情有獨鍾，不論親疏，不分長幼，不別尊卑，不問僧俗，惟知雲雨綢繆，罔顧綱常廉恥，豈非情之癡也乎哉？一旦色衰愛弛，迴想當時之謬，未有不深自痛恨耳。嗟嗟！與其悔悟於既後，孰若保守於從前，與其貪眾人之歡，以玷名節，孰若成夫婦之樂，以全家聲乎！是在為少艾時先有以制其心，而不使用情之偏，則心正而情不流於癡矣，何自來癡婆子之誚耶？

對於這篇序文的作者已不可考，一如小說作者的真實身份也無法臆測一般，而卷末跋文署名

「木規子」者，當亦是故意隱藏身份，不欲人知，畢竟這是一本「大傷風俗」的「淫書」，以化名出現應該是不得已之下的最佳選擇吧！

序者對兩性關係有其個人的見解，認為人的本性是一切情感的基礎。性發而為情，情動是由於性，而這裡所謂的「情」也就是「欲」。人的本性是由心來左右，心若不正，有了一念之偏，便會欲心難遏，成為「癡」，一發而不可收拾。為免將來玷名節、墜家聲，序者特別強調應在青少年時就先制其心，以綱常廉恥的道德禮教來加以束縛訓誡，如此方能防其因一念之差而流於「癡」。

這篇短文有兩點值得注意。一是提出了青春期性教育的重要性，這個問題至今依然是一個嚴肅的社會問題。從小說來看，癡婆子在最後的懺悔中，對自己的逐步走上不歸路有一針見血的反省，即「處閨中時，惑於少婦之言。」由於北鄰少婦對她的性啟蒙過於片面，只強調官能享受而忽視精神心靈的相契相知，使她在一知半解下，誤以為男女間事只求肉體滿足即可，遂把兩性關係視同兒戲，最後變成惟欲是求，「不論親疏，不分長幼，不別尊卑，不問僧俗，惟知雲雨綢繆，罔顧綱常廉恥」，陷於泥淖而無法自拔。從這個角度來看，設若阿娜的性啟蒙教育比較健全，則或不致於後來的悔不當初。在所有阿娜接觸的人之中，除了父母曾對她提出警告或加以防範外，每個人都在一步步帶領她往肉欲的深淵走去，即使是父親知其「他日必為不端婦」，卻也不見身為父母者有適當的管教措施。在昔日封閉的社會下，少女阿娜會成為墮落的癡婆子，我們不得不說，這其實是一齣值得同情的悲劇。

此外，這篇序文也反映了傳統禮教對兩性關係的看法。在封建時代，別說是偷嚐禁果，婚外通姦，亂倫，只要是稍涉禮教規定之外的兩性關係，包括眉目傳情，都往往會被視為淫蕩而禁止。禮教所承認的兩性關係的唯一形式是夫妻，所以序者才說：「與其貪眾人之歡以玷名節，孰若成夫婦之樂以全家聲。」惟有夫婦才能有「正當性關係」，這個看法本身並無不妥，但是，我們必須了解此所謂的「性關係」，並不是「性愛關係」，在禮教規定下的男婚女嫁，其目的是「上以事宗廟，下以繼後世」（《禮記・哀公問》），換言之，婚姻不是個人的事，而是整個家族的事，必須通過「父母之命，媒妁之言」。夫妻間的性關係是為了傳宗接代，延續香火，而不是魚水之歡的性愛享受。即使在傳宗接代的過程中，確實享受了魚水之歡，也絕不能這麼想，更不能這麼說，否則就是淫穢，就是禮教所不容。從小說來看，阿娜的種種淫行，最後是在丈夫發現並毆打、休妻後結束，在此，丈夫成為禮教的化身，扮演仲裁、執行法理的角色，甚至可以因她的「淫而賤」，而令「其速縊死」，若非眾人求情，名教之下實難有生路。作者在最後安排她夫棄子散、皈依三寶，並在鄉人的鄙夷指責中苟活度日，這種痛苦的結局，一方面說明其淫行的罪有應得，另一方面其實也彰顯了禮教嚴格的道德要求——淫婦非死即出家，也就是必須與社會人群隔離，因為她違反了社會人群在禮教籠罩下所形成的集體道德意識。而小說中只對女主角加以無情的懲罰，卻不見任何一個與之有姦情的男人遭到一點點的指責，甚至這些一樣犯有淫行的男人最後又變成「審判大會」中的裁判者，則充分流露出兩性地位不平等的社會型態——不僅是現實生活中的不平等，連投射於文學創作時的人物塑造，也不離男尊女卑的封建思想。

從以上的說明中，我們可以了解《癡婆子傳》作為一部被禁毀的「淫書」，其警世勸誡的用意是存在的。作者對主角下場的安排，最後的懺悔，序者的論述等，在在都透露了些許導正情欲、止淫勸善的訊息，由此角度以觀，這部書才可以視之為具有正面教育意義的「善書」。

四

然而，《癡婆子傳》終究不是一本「善書」。

從文學傳播的效果來看，其勸人為善的力量和刺激性欲的聯想相比是比較薄弱的。作者以大量的篇幅描寫各種污濁的性關係，展示赤裸的性行為、性感受、性心理，卻以極少的筆墨指出淫行的惡果，這種不平衡的書寫方式，自然會對讀者產生偏差的影響，造成「作者本意勸懲，讀者每至流蕩」的結果。

這個結果，我們相信可能不是作者的本意，但是，不容否認的，作者對「情欲」的肯定是使此書產生這個結果的主因。作者對性的「崇拜」，在北鄰少婦對阿娜的啟蒙中可以窺知，少婦認為，男女之相合，「實開萬古生生不息之門，無邊造化，情欲之根，恩愛之萌也。」他雖以禮教來譴責阿娜的情欲，卻也無法否定情欲是人類本能的存在。因此，作者大量、具體地描摹阿娜的種種淫行以及心理體驗，說穿了是在印證少婦的性理論——也就是作者對情欲的認識；另一方面，也相當程度地反映了中晚明以來人欲放縱的社會現實。作者之所以會抬出禮教的條框來譴責情欲，恐怕只是一種「不能免俗」的形式表現，發揮的作用極其有限。作者明言是要壓抑情欲，卻反而達到激動情欲的效果，這不得不令人玩味起作者意識——文字媒介——讀者反應三者之間的複雜關係。在壓抑/放縱的社會心理感染下，禮教的勸誡只不過是封建社會長期以來形成的「集體無意識」的反應，是傳統理念的慣性運動，與小說的具體描寫聯繫自然顯得薄弱❻。在這種情況下，泛泛說教只是掩飾，性行為和肉欲的盡情展示才是這部書的主體，無怪乎會導致「讀者每至流蕩」的後果了。

除此之外，作者缺乏藝術性的文字表達，也是使得這部小說接近淫書的一個原因。除了

---

❻ 這個看法是引述〈癡婆子傳序言〉，雙笛出版社，未署作者，頁四七。

阿娜略有心理層面的描寫外，書中的每一個人物都形象模糊，似乎其出場就只是為了與阿娜有一番雲雨之情而已，姦夫淫婦的人物塑造，使全書充滿邪蕩吟哦，毫無美感，而對性行為的描寫大膽直接，角度過於集中，也是此書被視為淫書的最主要原因。當然，我們可以理解，作者本就不在成名山之業，所謂文學的藝術在作者看來根本就是餘事，這些敘述技巧的缺失只怕不是「無心之過」，而是「有意為之」吧！

不過，作者在敘述觀點的運用上，倒是有一項值得一提的特色：這部小說的情節推演，基本上是採用第一人稱「予」，以女主角上官阿娜的口吻，自敘故事經過，她既是敘述者，又是故事中的主角，形成自傳的形式，一方面使敘述更靈活生動，一方面又增強了故事的真實感。尤其是安排燕筇客與癡婆子的問答方式，貫串整個故事，這種主客問答形式，使故事的進行更順暢自然，而且富有變化，燕筇客這個人物雖不重要，但在串場上發揮了不可或缺的作用。

對這樣一部以誇敘肉欲為能事的作品，若要求其文學價值，恐怕是緣木求魚，我們必須從文化、社會、心理、風俗等角度來看待它，才能有全面的觀照。在人性異化的情欲掙扎上，包括青春期少女的思春、外遇、強暴、亂倫等，這本書都有觸及，尤其是「欲火焚身」的警世主題多少也有一些呈現，可以做為性心理、性生理的「負面示範教材」。只有個人的性欲、情愛在適當的規範下良性發展，社會的兩性關係獲得充分的尊重與平等的對待，類似《癡婆子傳》中阿娜的不幸悲劇才能真正的避免。

明清社會的百科全書

——清代文言小說《堅瓠集》

壹、前言

中國文言小說的發展，如以藝術型態來分，不外乎傳奇、志怪和軼事三大體制。自宋元至清，以這三類小說來代表文言小說的大體輪廓應是合乎事實的描述。在向近代小說觀念轉化的發展過程中，文言小說和白話小說一樣，都發揮了一定的催化作用。清代作為文言小說發展的最後一段里程，由於有如《聊齋誌異》、《虞初新志》等傳奇小說；《閱微草堂筆記》、《子不語》等志怪小說；加上如《堅瓠集》❶、《金壺七墨》、《秦淮畫舫錄》等軼事小說的

❶ 本文所引皆以臺北新興書局《筆記小說大觀》第二十三編之《堅瓠集》為準，共分三冊。

傑出表現，使它有了一個輝煌的結束。其所取得的成就，使它與同時期的白話長篇小說一起為我國古代小說的歷史，譜寫出璀燦的一頁。

根據袁行霈、侯忠義所編《中國文言小說書目》之統計，清代五百多種文言小說中，有近三分之二是屬於軼事小說❷。軼事小說和傳奇、志怪比起來，較不符合現代對小說定義的解釋，因為其形式以筆記居多，內容上則涵蓋了史料、考據。由於在定義上採較寬鬆的標準，因此其數量在文言小說中佔較大比重。侯忠義與劉世林合著的《中國文言小說史稿》（北京大學出版社，一九九三）中也指出，這些史料性、考據性強的著作，「均不是小說，而只是筆記」❸。「我們只是把具有較強傳聞、觀賞、趣味性的作品，視為軼事小說，但這也只是一個大體的標準而已。」❹儘管如此，若把軼事小說排除於文言小說之外，恐怕也是不合理的，畢竟，真正符合「現代小說」嚴格定義下的文言小說寥寥可數。

清代的文言小說，侯、劉二氏將之分為傳奇小說、志怪小說、軼事小說三部分。而在軼事小說部分，則分為軼事類、瑣言類、笑話類三種。對軼事類小說，侯、劉二人有如下一段

---

❷ 此書為一九八一年北京大學出版社出版，清代部分見該書第五編。

❸ 見該書前言，頁三。

❹ 同❸，頁五。

的說明：

> 軼事類小說，內容雜記人事，上自皇帝大臣，下及平民百姓，有生活瑣事，也有奇聞異舉，甚至還包括一些地方風俗和宗教宣傳等。有歷史遺聞，也有當朝時事，多半是記一人一事的片段筆記，又常常借用傳奇小說的虛構和描寫手法。因此，它是軼事小說中藝術風格多樣化的一個門類。❺

至於軼事類小說，根據內容的不同，他們又細分為「記瑣聞遺事」、「記青樓事」、「記豪俠事」三類。當然，如此分類有其重疊及不夠周延之處，但本文不擬對清代軼事小說作全面性的探討，而只想探討軼事類中以記瑣聞遺事為主的《堅瓠集》一書。此書為清人褚人穫撰。有首至十集每集四卷，尚有續集四卷，廣集、補集、秘集各六卷，餘集四卷，合計六十六卷。每卷篇數不一，在清代軼事小說中，卷帙居冠，一共收錄了四千零七十餘篇，對清代的社會生活層面有極廣闊的反映，堪稱是清代社會的百科全書。既是文學資料，又具社會史、文化史、民俗學的價值。在《儒林外史》、《紅樓夢》等著名小說的閃耀光芒下，《堅瓠集》其實也有

❺ 同❸，頁三三三。

其不可忽視的重要性。本文將依據其為編著之筆記小說的性質，試從作者生平、編纂動機、題材來源、編纂體例、內容分類、主題傾向、文學價值等方面，對此書作一較全面的探討。由於相關資料甚少，本文將主要從作品本身來抽絲剝繭，舉證論述，希望為此書的研究提供一些個人的淺見。

貳、褚人穫的生平與家世

根據現有的資料，褚人穫的生平所載不多。清史無傳，生卒年和一生行事均不詳。《中國文言小說史稿》除指出其字稼軒，一字學稼，號石農，江蘇長洲人（今江蘇省吳縣）外，也僅有以下不到二百字的說明：

> 第九集有褚篆〈序〉，篆，字蒼書，號松吟老人，是作者的叔父。康熙南巡時，曾召見過他。篆〈序〉云：「姪初就家塾，吾兄名之曰穫，有樹穀樹人之思。」又云：「姪稼軒湛於經術，辨論異同，而才情博達，尤好搜楊軼事。」於此可以推知作者的家學淵源和自幼所受的良好教育。尤桐康熙庚辰（一七〇〇）《秘集序》稱其「少而好學，

至老彌篤」，晚年成就《堅瓠集》。褚人穫的其他著作有：《讀史隨筆》、《鼎甲考》、《聖賢群輔錄》（按：應是《續聖賢群輔錄》）、《隋唐演義》等。（頁三三四）

這些資料主要是參考作序者所言，因此僅得一鱗半爪。事實上，有關褚人穫的家世經歷，可以在《堅瓠集》的字裏行間獲得更多的一手材料。此外，根據何谷里所撰一篇研究褚人穫另一本著作《隋唐演義》的文章中，引用了《吳縣志》卷五七的資料「字學稼，笠子」，並補充：「褚笠也是長洲文人，他另外一個兒子名憲字廷嘉，號果園。這兩個人生平皆不詳。」❻

至於褚人穫的生卒年，缺乏直接的材料，但何谷里的推論可供參考：

> 據他所作的《堅瓠集》（共十五集，一六九一到一七〇三年出版的），又見他跟翰林院人張潮，書法、歷史家尤桐（一六一八—一七〇四），詩人徐柯（一六二七—一七〇〇），詩人孫致彌（一六四二—一七〇九），劇作家洪昇（一六四六？—一七〇四）有

---

❻《吳縣志》，臺北成文出版社，一九七〇年。這條資料見頁二〇。何谷里的文章是〈隋唐演義：其時代、來源與構造〉，收入夏志清等人著的《中國古典小說論集第二輯》，臺北幼獅文化公司出版，一九七五年。這段資料引自該書頁一五六。

來往。此外，《三國志演義》的編輯者毛宗崗為他的同學。若是朋友們的歲數和他差不多或大一點，褚人穫大概就是一六三〇左右生的，一七〇五左右卒的。❼

褚人穫的父親褚篴，是一個文人學士，甚受鄉里敬重。《補集卷一》曾提及「里中有飲社，或角或奕，為竟日歡，先公序言……」；「先府君有募修白鶴觀三清殿疏文……」；「里中諸君子感關聖覆庇之恩，舉會以祀之，先府君為之引曰……」由此亦可見其文采之富。此外，褚篴亦有古人難得之德行義舉，《十集卷一》有如下一段詳細的描述：

> 崇禎辛巳（按：十四年，一六四一），鄭母姨有粵西之行，以一篋寄先孺人，約值千金，為表姐歸時遺嫁之資。甲戌歲（按：順治元年，一六四四）先孺人棄世，值國變，舉家出避，中更武人據屋，流離播遷，幾至破家。先君防護惟謹，幸而獲全。吳粵兵阻，音問不通者十餘年，迨車書混一……乃約鄭調甫先生同子堅表兄，照母姨親筆單點還。子堅初不知是事，喜出望外。先君謂之曰：「為汝看守十餘年，今幸完璧歸趙，吾心始安矣。」此事在古人中亦為難得，先君於流離播遷之際，護持不失，為尤難，

❼ 同❻。

其所以遺吾子孫者厚矣。凡吾子孫，皆當勉旃。

然而，諸笈的仕途並不順，《八集卷一》曾說他「七預棘闈，皆以數奇不偶」。諸人穫即在這種母親早逝、父親不得志的環境中成長，而且還遭遇兵亂❽，家境頗為艱難。但幸而生在書香之家，諸笈尚延師多方教導❾。三十歲左右，諸人穫曾「患瘧十餘日不止」（《七集卷四》）。康熙丙午（五年，一六六六）兒恕出生；康熙己卯（三八年，一六九九）孫穀出生（《補集卷六》）。五十歲左右，因「家人不戒於火，焚燬門屋及坊」（《八集卷一》）。

從《堅瓠集》中不少游歷所得的資料看來，諸人穫中晚年的家境應不差。我們無法得知他的生計所來。但他是個勤於著述的文人，除了卷帙繁浩的《堅瓠集》外，他的著作現存的有《隋唐演義》、《續蟹譜》。《隋唐演義》的創作，顯現了他對通俗小說的興趣，這部小說大約完成於他四十五歲至五十歲之間。《續蟹譜》則是他生活美學具體實踐的成果。《堅瓠集二

---

❽《補集卷一》載：「順治乙酉……六月十三，忽有湖寇揭竿，殺安撫黃家鼒，城中鼎沸，舉家出避，賴大兵繼至，得以寧定，至八月中始歸。」

❾《五集卷三》載：「韓德溫先生誨汝玉，予幼年受業師也，工書，尤善臨摹……昨檢敗笥，見先生秋興七絕，已經四十餘年」；另《廣集卷二》也載：「予師周德新先生，善於屏後演操。」

集卷二》有記載：「予性嗜蟹，擬隸蟹事，以補傅肱《蟹譜》之遺。」至於已經亡佚的著作有《讀史隨筆》、《鼎甲考》、《續聖賢群輔錄》。據《堅瓠集五集卷三》的資料，他尚有《硯田詩笑》一帙，收其七言律詩四十首，分上下二卷：上卷二十首，內容以書塾先生的笑話為主；下卷二十首，描寫館中苦況。可惜後被人竊去而不存。

著述之外，他可能也是個書商，一面編書一面刻書出版。據何谷里的文章指出，他在一六九五年，即六十五歲左右，還出版了四雪草堂本的《隋唐演義》，「四雪草堂出版社大約是褚人穫自己管理的」❿。這或許可以為他後期的經濟狀況提供一點解釋的線索。

當然，著書自娛並不是其真正本意，作為一名舊式文人，科舉仕途才是他追求的目標，只不過，他的仕途發展與其父一樣並不順遂，才寄意於書。毛鶴舫《堅瓠四集序》言：「先生負俊才，歷落不偶，無志用世，遂覃思撰述。」褚篆《堅瓠九集序》亦言：「邇年來自傷困頓，不能為得時之稼，達其甘芳，遂懼濩落無庸，故寓意於書」。

由以上的敘述可知，褚人穫成長於書香門第，少有經世之志，惜科舉不中，仕進受挫，中年後改以著書編書為樂，著述頗豐，「以文行為鄉里推重」（顧貞觀《堅瓠五集序》），喜山水遊歷，多與文人學士往來，間以出版為業。這位明末清初的文言小說作者，大約活了七十

❿ 同❻。

餘歲，在完成《堅瓠集》十五集的出版後幾年去世。

參、《堅瓠集》一書的編纂動機

探討《堅瓠集》一書的編纂動機，可以從其書名的訂定窺知一二。

「堅瓠」一詞，見於《莊子・逍遙遊》：

> 惠子謂莊子曰：「魏王貽我大瓠之種，我樹之成而實五石，以盛水漿，其堅不能自舉也。剖之以為瓢，則瓠落無所容。非不呺然大也，吾為其無用而剖之。」莊子曰：「夫子固拙於用大矣。宋人有善為不龜手之藥者……。今子有五石之瓠，何不慮以為大樽而浮乎江湖，而憂其瓠落無所容？則夫子猶有蓬之心也夫！」

可見「堅瓠」之用實大矣。由於《堅瓠集》的內容多來自讀書札記、訪談紀錄及耳聞之傳說掌故，褚人穫恐流於無用之譏，遂以此為名。對褚人穫的用心，各集作序者有或多或少的闡析，如《堅瓠首集序》言：「天河之水，從星宿海出，海形如瓠，固知天地，亦佩服此堅瓠得以萬古常存而不敝，何況行生其間者哉？瓠之為用大矣廣矣」（李炳喤）；《堅瓠三集序》也指出：「故書成而取義於物之無用如堅瓠者，以名其篇，噫！儒者之書，豈無用之書？儒者豈無用之人」（毛宗崗）；《堅瓠四集序》更是詳細說明書名之旨趣：「稼軒褚先生以堅瓠名其書，且不敢自比於莊叟五石之瓠，以示其無用。然人徒知有用之為用，而不知無用之為用，極之而大易，所謂潛龍勿用，道家所謂外其身而身存，皆由此推焉耳」（毛鶴舫）。這些都充分說明了作者編纂此書的用意，既暗寓自己不為世用的不平，也肯定治學著書於人心之有用。

此外，作者以瓠為名，也可能寄託有超然物外的心志，表明自己甘於悠游於書海，不忮不求，自在而滿足，這一點可從其《九集卷三》引錄〈和神國〉的大瓠神話看出：

> 《小窗清紀》：和神國地產大瓠，瓠中盛五穀，不種而實，水泉如美酒，飲多致醉，氣候常如深春，樹葉皆綵絲，可為衣，真僊境也。可謂不耕而食，不織而衣，不釀而飲者，人從此國中來，切莫語嬾人，誤他飢寒大事。

有關「和神國」的大瓠神話，在《太平廣記》卷三八三及唐牛僧儒的《玄怪錄》卷三中均有記載，只是題作「李元之」而已；另在《類說》本《幽怪錄》中則題作「和神國」，可見這個典故亦為人所熟悉。褚人穫特地收錄，或也是心嚮往之吧！大瓠似也可視為此書的象徵。進入此書的世界中，一樣可以賞心悅目，寄情養性，達至忘我之境，瓠之有用、大用，或亦在此。

除了書名所透露的玄機之外，從各集的序中亦可得知作者著書之意。雖然序言均為他人所作，但想必獲得作者的認同，或者深知作者的思想，才會被編入書前⓫。綜合各序的說法，不難理解作者的動機所在。

褚人穫編寫此書的主要目的，或者說他想藉此書傳達的功能，大概不外乎醒世與諧世。《首集序》：「其表綱常節義，道德理學，則須彌香水，洪波巨濤中流砥柱也；若探奇誌怪，抉異闡幽，則瞿塘灩澦，噴瀑懸崖也……」《四集序》：「大旨主於維風教，示勸懲，博物洽聞，闡幽探頤，下逮閭巷歌謠，閨閣懷思之細，無不取之。」在《五集序》也指出：「或

⓫ 如《堅瓠首集序》有言：「……請以是質正於稼翁，翁曰：子說得吾髓，當弁之卷。」又如《堅瓠補集序》中提到：「遂安毛鶴舫先生，歸自吳門，出褚子稼軒堅瓠全集示余，且索余序其補集……」而毛鶴舫已序其第四集，若非言有得乎其心者，豈會一再請他寫序，或代為邀序，其他如孫致彌也是作了第十集、續集，甚至是總序。

莊或諧，類能觸目儆心，醒貪嗔而卻愁疾，令閱者几案間如對直諒多聞之友。其為裨益，非淺淺也。」《補集序》更明言：「開人心狙詐之端，啟風俗陵傲之習，不至於畔道離經不止。」這些大抵說明了褚人穫確是有心於以此二者為選文筆記的大方向，所以《二集序》即歸納指出：「諧世醒世之用半焉，夫子言之矣」。

從以上的分析可知，作者的編寫動機是想傳達用／不用的自我價值判斷，著書／出仕，在作者的認知下，顯然是有矛盾關係的。既然不為世用，何妨進入與世無爭、自給自足的「大瓠」世界中，為文警世，勸懲風俗，或者以諧語妙事，博讀者會心，達到「寓教於樂」的目的。在褚人穫精心安排的文史天地中，《堅瓠集》已巧妙地將作者的性情、理念、識見、懷抱作了充分而傳神的註腳。

肆、《堅瓠集》的題材來源

作為一本百科全書式的筆記小說，《堅瓠集》在題材上可說是無所不包，上至天文地理，下至人情世故，舉凡神話、歷史、文學、考據、風俗、民情、異聞、笑話，只要有其價值，不論大小均為作者搜錄。彭榕《堅瓠二集序》說「細微必錄」；毛宗崗《三集序》說：「凡其睹記所及，古今人軼事與語言文字之可資談柄者悉載焉。」；孫致彌《十集序》也說作者「搜錄秦漢以迄故明歷代軼事，並訪諸故老之舊聞，摘其佳話佳事之尤者，次為一編。」可見其題材及來源管道的多元化。翻檢全書，我們可以發現其主要來源有下列三種：

一、讀書札記

這種方式的運用，是此書題材的主要來源，佔全書百分之九十五以上。李炳暒就說褚人穫「鉤索古今諸說部，不下千百家，心織筆耕，積歲書成」（《首集序》）；彭榕也說他「篤學士也，擁書萬卷」；顧貞觀則說他「觴詠多暇，讀書等身」；褚篆更稱讚他「才情博達，尤好搜楊軼事於群書中，鈔撮靡遺，諸凡聞見所迋及，可以揮麈尾佐浮白者，無不以三寸之管，屬辭而捃摭之」。褚人穫為一飽讀詩書、用功甚勤的士人，已如前述，且又喜好筆記錄聞，作為「筆記小說」，此書正是他讀書心得的整體呈現。

由於內容的構成源於這種方式，因此也出現了因他在某一階段的閱讀傾向而使某一類作品較多的情形，例如《補集》的題材以詩詞較多，洪昇序中言「專收有韻之文，較之前集為尤備」；另外，《秘集》以神仙鬼異之事居多，都可能源因於此。

雖屬讀書筆記，但其處理方式仍有差別，有的是全文照錄，有的是略抒感懷，有的則是加以考證一番，關於這點，後面的內容分類介紹可相參照。

二、訪問紀錄

這類題材在全書中份量極少，但由於這是褚人穫在全書中少見的「創作」，因此反顯珍貴。例如《餘集卷二》之〈巨人半指〉一文，敘述崇禎末年，有一袁某偕同伴八十餘人去航海貿易，不料在一次停泊沙渚、登岸伐木時，見一巨人，舒臂即將六七十人拉拘一處，後伺機脫逃，巨人伸手攀船，船上人以巨刀斷其食指，方得揚帆而遁，其手指僅一節之半，秤之得十八斤。故事說完後，作者說明這是「袁某與予細道其詳如此」，足見此事為當事人提供之第一手材料。又如《首集卷二》提到：「康熙壬子夏，吳中大旱，飛蝗蔽天，竹粟殆盡，蝗亦有為鴉鵲所食者。余家庭中，椿樹有鳥巢，朝暮飛鳴，甚可憎惡，斯獨喜其捕蝗。中有一無尾者，攫啄尤多，胡溯翁喜而作歌曰……」這也是作者親歷所見，筆之為文。其他如《十集卷四》載「連日雨雪，予偶出，見一老吟云……」；《七集卷四》載「偶至虎丘佛慧庵，路旁拾一字紙……」；《首集卷一》載「康熙壬子冬，在德州旅店中，見壁上一詞云……」等，這些題材都可算是他本人親自走訪所得。

三、耳聞傳說

這類題材也不多，主要是以褚人穫的時代社會所發生的事為素材。和前述的訪問紀錄一樣，呈現出清代軼事小說的一個特徵，即由記載歷史人物、事件，發展為記載當代人、當代事，這也使得《堅瓠集》具有較進步的時代特色。例如《秘集卷六》之〈海中黑孩〉提到，有一「肌膚純黑，眼珠綠而齒殊黃」的小孩，被牧馬者擒獲，因禁並豢養之，後漸識人言，也能人語，但四年後，在守衛疏忽下「復逸入海，而不知所之」。作者最後補充說：「此乃齊門司閽張瑞石所親知目見者」。由於並未提到是聽張瑞石所親言，因此只能說是他耳聞的傳說；又如《餘集卷一》之〈六眼龜〉一文，前面敘述了書中所載的各種奇龜，最後他說：「吾郡十即巷丁玉陽先生，園池中有白龜大如車輪，順治辛丑，長洲縣令德州孫達卿繼解任後，寓斯園亭所目擊者。」這也是輾轉得知，宛如社會新聞，被他紀錄流傳下來。

從以上的敘述可知，褚人穫實在是一個集記者、編輯、作家、學者、出版家於一身的文人，毅力與成就均有可觀。

伍、《堅瓠集》的編纂體例

從今天的編輯學標準來看，褚人穫的編輯（甚至是職業編輯）角色，恐怕是必須再加強才行。當然，如此苛求並不公平，一來是編輯學在古代而言是非主流的學問，鑽研者不多；二來是作者原本就無意於建構一個完備的書寫體系，它在內容上達到了百科全書的五花八門，但在體例上可沒有百科全書的嚴謹，因此而有可議之處。以下就其體例舉出七點較重要的「特色」來說明：

第一、各集各卷的編排次序，基本上不以內容主題或故事發生時間為準，而是以文章數量、抄錄時間先後為準。

在數量上，每卷大約六十篇左右，首集至十集每集四卷，續集、餘集各四卷，廣集、補集、秘集各六卷，這種在數量上予以適當編排的原因，應該是為了商業考慮，使各卷的價格一致，如此也可給人整體感。

至於時間先後的問題，從各集的序言中可以知道，其出版的時間順序應是由首集、二集，至十集，然後是續、廣、補、秘、餘集的次序，但這是否即其完成的時間卻有待商榷。以下分兩點來探討：

㈠各集雖都有序，但僅有五集署明時間，依序是二集（一六九一）、九集（一六九二）、十集（一六九五）、秘集（一七〇〇）、餘集（一七〇三）。由此看來，其第二集至第九集是在兩年內出版，第一集根本未書時間，因此，何谷里說《堅瓠集》是一六九一至一七〇三年出版，有待商榷。《首集序》中說「積歲書成」，而二至九集卻能在短短兩年內完成出版，不得不令人懷疑。第九集與第十集隔了三年，後面五集也在八年後才出齊，可知成書之不易，因此，比較合理的推論應是在一六九一年之前，褚人穫即已進行寫作多年，只不過集中在那兩年出版罷了。這或許可以解釋，為什麼第八集的序連時間、作序者都沒有，從序文的語氣來看，第八集與第四集的序者應都是毛鶴舫（際可），由於出版時間的密集、匆促，毛氏連作二序，才會有這種現象出現。

㈡褚人穫在出版後，可能還做過增刪調動的處理，因此也產生在時間上前後的矛盾。舉例來說，二集的序作於康熙三十年，但書中卻有康熙三十三年事的記載⑫；九集的序作於康熙三十一年，書中竟有康熙五十四年事的記載⑬；此外，作者自述經歷中年代最晚的是康熙

⑫《二集卷三・和詠戲具》載：「甲戌新正，朱望子先生詠紙鷂及泥牛鹿諸戲具詩見投……」。

⑬《九集卷三・燈謎》載：「康熙乙未新正，雨雪連旬，元宵後重整花燈……」。

五十四年，但這則記載不出現在第十集，而出現在第九集，令人費解；又如作者自述著書苦狀的〈書規〉一文，重覆見於《首集卷四》及《五集卷四》，此文既是作者所作，重覆出現應是有意為之，細按文意，當因友朋索此書者多，造成作者經濟負擔。他說：「堅瓠雖小集，艱難印刷資。選詞誠費力，採藻亦縈思」，因此，他就「戲拈壁曰：每集三十錢，紙張刷印錢。諸公欲觀者，請解杖頭錢。」然而，效果有限，只好藉此相告。唯一令人不解的，是《堅瓠總集》由孫致彌寫的序言，竟與堅瓠十集的序完全相同，不知是基於什麼考慮所致。

第二、內容雖以小說為主，但非小說類文章亦不在少數。

在採取比較寬鬆的定義下，設若只要是符合說故事的標準（不論說的是人或事），就算是小說的話，《堅瓠集》確實是以小說為主。然而，其中仍有不少根本與小說毫不相關，例如《三集卷四・神仙粥》一文，全是介紹一種治感冒的粥，說明其煮法、材料以及效用；《四集卷一・東坡詞》只是將東坡的〈行香子〉一詞照抄而已；《四集卷三・睡訣》是說明睡覺的方法；《七集卷二・明目方》是說明如何可以維持眼睛視力不減；《廣集卷三》中還有〈男子雙名〉、〈美人雙名〉專門記載古代雙名的名人，如陳柔柔、趙真真、關盼盼、張紅紅、薛素素等，不啻為命名詞典，而且還有國雙名、神雙名、鳥獸魚蟲雙名等資料性的記載，完全與小說無關。

第三、不論小說或非小說，詩詞是主要表現媒介。

在《堅瓠》各集中，除了詩錄文鈔外，也記載大量文人學士的軼事，因此而有數量不少的詩詞出現。即使是傳奇、志怪等小說，也經常藉詩詞表現來貫串故事，這應與褚人穫個人的文學趣味有關。特別是《堅瓠補集》，幾乎九成以上均與詩詞有關。

第四、各篇字數長短不一，差距頗大。

《堅瓠集》各卷大多約六十篇左右，差異不大。每篇均有標題，眉目清晰，緊扣主題。每篇的字數長短不一，最常見的是一百多字，但也有短僅數十字或甚至長達數千字者。《堅瓠集》中最長的是《五集卷四・梅嘉慶傳》，有二一四四字；最短的有兩篇，分別是《六集卷四・酒保》及《補集卷五・成語》都只有三十一字而已。

第五、編者雖有意將相關題材者儘量集中處理，然因全書的缺乏系統結構而顯得鬆散淩亂。

既然作者的編排次序不以內容主題或故事發生時間為準，於是就出現了這種情形。褚人穫其實有將相關題材集中處理的意識，例如《四集卷四》就一連有〈祝沉對〉、〈成化對〉、〈古人對〉、〈四時四方對〉、〈典史對〉、〈楊一清對〉等與對聯有關的故事；又如《八集卷三》的〈美人燒香〉、〈美人踢毬〉、〈美人春睡〉、〈美人濯足〉、〈美人折花〉、〈美人騎馬〉等文，即是作者有意將與美人有關的典故集中呈現，由此可見作者有這方面的安排，然而，缺失漏洞依然不少，以下分二點說明：

㈠同一卷可合而不合。如《五集卷四・歸省養病》記載李西涯事，隔了五篇又有〈醉楊妃菊〉、〈燃絮代燭〉兩篇寫李西涯事，可合而未合。

㈡題目雷同而且內容大部分雷同。如《九集卷四・饅頭》與《秘集卷六・饅頭》即是同題且內容雷同；又如《二集卷四・打秋豐》與《五集卷三・秋風》，同一題材卻分散在不同卷；至於〈書規〉更是一模一樣地出現兩次。

第六、編者忽隱忽現，扮演了編輯者、評論者，甚至作者的多重角色。

如前所述，他對文章的安排有其編輯上的考量，而諸如〈巨人半指〉等文章，為編者親自訪問紀錄，還有一些詩文的考證，都表現出編者的寫作文采。至於評論者的角色也是隨處可見，如《首集卷一・洗兒詩》，先記下蘇東坡的〈洗兒詩〉全文，後面接著再記明代楊月湖廉的遊戲之作，內容皆與東坡詩意相反，最後編者議論道：「雖出於遊戲，總不如少陵所云：有子賢與愚，何必掛懷抱，為曠達也。」又如《廣集卷一・買東西》一文，提到為何叫「買東西」而不叫「南北」，褚人穫在文末寫道：「愚意：東主生發，西主收斂，或取東作西成之意。書之以俟博識。」表達了他個人的意見；《補集卷六・明妃曲》有「語意俱清新可誦」，更是十足的評論口吻。

第七、輯文大部分標明出處，但有許多則僅概括原意，未明出處，體例上並不統一。《堅瓠集》中引用了很多今已難尋或已亡佚的典籍，編者多在行文前註明出處，也因此提供了不少古籍方面的資料，如《耳譚》、《乘異錄》、《挑燈集異》、《草木子》、《豹隱紀談》、《崖下放言》、《駒陰冗記》等書。但直書其事，未明出處者亦多，以《首集卷四》為例，即有〈魏野〉、〈楊璞〉、〈生公〉、〈題詩紙鳶〉、〈四雪〉等多篇。

陸、《堅瓠集》的內容分類與主題傾向

《堅瓠集》內容博雜，卷帙繁多，並非一主題式的叢書，而是讀書筆記類的合集，因此種類甚多，無法作一精密的分類，只能就其題材所重加以分類。以下是筆者在閱讀了全集四千多篇後的歸類，應能涵括全書的主要內容。

一、怪聞異事

例如《九集卷三・雙鯽化女》寫謝靈運任永嘉太守時，在一次旅遊中見二女溪邊浣紗，

一番對答後，二女自吟本是潭中鯽，暫出溪頭食，食罷自還潭，吟罷遂入潭不見；《續集卷一・觀音像》敘述一八十餘老嫗，將乞討所得藏於一瓶，欲以畫觀音像，不料一場大火，屋室全毀，傷心之餘，於燼中發現該瓶竟因錢自熔而成觀音寶像，反成寶物；又如《廣集卷四・石中異馬》寫一賣草鞋者，坐旁置一大石，石中有異馬，因老人每天對牠編草鞋，有草以為食，故得活，後因將石搬入房中，異馬遂餓死。類似這些奇異的怪聞，在書中甚多，是《堅瓠集》的一大特色。

二、奇人能士

對於具有特殊功能、表現的能人，褚人穫也多方搜羅其軼事。如《七集卷四・少林寺》中的火工老頭陀，在流賊萬人進攻少林寺時，以一短棍衝賊鋒，使賊不敢入寺，後選少壯僧人百餘，授棍法而去，至今稱之為少林拳；《廣集卷三・歐陽紹》敘唐歐陽紹，所居有池，池中有怪，紹決其水，雷電大起，雷神持兵與紹大戰，紹愈戰愈勇，神負而隱，見池中一無首之蛇，紹設法殺之，時人遂稱紹為忽雷；又如〈人異〉一文，介紹了許多殘而不廢的實例，如有一乞兒無兩手，卻能以足夾筆寫經，一婦人無雙臂，但用兩足刺繡，鞋片纖好無敵等，都是一些奇人，這類記載在書中亦屢見不鮮。

三、歷史掌故

這類題材也是《堅瓠集》的一大主線。如《六集卷四・日月並行》敘元朝將亡時，元帝召術士問國祚長短，術士對曰：國家千秋萬歲，不必深慮，除非日月並行，才是可憂。果然後來亡於明，日月並行乃明字隱語也；又如《九集卷四・烏龍是賊》、《廣集卷三・昭君非真》等均記載了歷史人物的軼事。大量的歷史掌故，也是使《堅瓠集》被歸入軼事小說的主因。

四、文史考證

這方面的文章表現了褚人穫豐厚的文史知識，但無論如何都無法稱之為小說。例如《二集卷二・夜半鐘》將歷來有關唐張繼宿楓橋詩的各種說法都羅列一起，加以比較；又如《四集卷三・石敢當》，對石敢當為五代人的說法提出異議，認為應是始於西漢；《八集卷一・陶泉明》一文，對《海陸碎事》書中謂陶淵明一字泉明，因唐詩中多有泉明之詞的說法，認為是不知避高祖諱所致。凡此考證，皆多方比較，並多能提出自己的意見。

五、文人軼事

這類題材在書中最常見。由於作者自己的背景、家世、交往，這類故事可謂隨手拈來。例如《首集卷四・點酥娘》寫的是蘇東坡事；《三集卷三・老蛇皮》寫王安石事；《四集卷四・題書廚》寫的是楊君謙事。往往在三言兩語中道出一二趣事，或富機趣，或具深意，作者的博學亦由此可見。

六、巧聯妙對

這類題材亦多，主要是表現在機智對答中。例如《二集卷三・張翼德對》、《三集卷四・和尚對》、《七集卷二・色難容易》等均是。有些是古書所輯，有些是當時盛行的名對，內容涵蓋了文學、歷史、民俗等不同層面。

七、文化釋詞

對於一些熟悉的文化名詞，經常是習用而不察，褚人穫在這方面的刻意搜羅，使本書具有實用、解惑的功能。例如《首集卷一・秋千》、《六集卷四・三姑六婆》、《廣集卷一・古人稱先生》等，可以藉此了解這些用語的典故由來。

八、風俗民情

例如《六集卷四・門貼福字》，敘述過年時門前貼福字的由來；《首集卷一・吳門風俗》寫吳門有諺語「肥冬瘦年，互送物件」，其起因是該地重冬至節；又如《九集卷二・乞巧》也是解釋節日的典故。這類題材相對較少。

九、名妓軼事

例如《首集卷四・黃鶯》、《三集卷三・題扇拒客》、《九集卷三・你你你》等均是。這些名妓也能舞文弄墨，且聰明機智，在與文人來往中留下了一些風流趣事，令人莞爾。

十、詩話詞話

這類與小說並不相干的題材，也有一定數量。例如《首集卷二・朱靜庵》、《二集卷一・詩家喻愁》、《九集卷三・店字可入詩》等，可說都是詩詞字句的討論與詩詞的比較。

十一、詩錄文鈔

和前一類不同的是，這類文章純粹是詩文照抄，毫無己見，大約是褚人穫自己欣賞的作品，錄存以與人共賞。例如《四集卷一・春情詞》、《九集卷一・歌詞》、《廣集卷一・湯東谷語》等均是詞意雋永、富有啟發性的佳品。

除了以上這十一大類的題材外，還有一些俗話、諺語、歇後語等，在本書中也有一些。這些不同的素材，構成了此書包羅萬象的基本性質。也正因為書中反映了大量不同面向的題材，才會有「百科全書」的稱喻。可以說，褚人穫以其勤力的閱讀及著述，已為「筆記」的特質做了最佳的詮釋，尤其是明清兩代的瑣聞軼事在書中有大量的記載，提供了明清文史研究的重要素材。

經過上述的內容分析後，我們還可以進一步探討此書在主題思想上的表現。

一、彰顯文人名流的德行

由於褚人穫本身的出身背景，以及其仕途不順的遭遇，他對同為士大夫階層的文人學士中的恃才傲物、懷才不遇、孤芳自賞，甚至詼諧譏諷者，自然會有較大的興趣，也寄予較多的同情，字裡行間，表現了士大夫這一知識階層的趣味、思想，也可看出他對現世的不滿與嘲諷。透過對一些文人名流言行的讚賞，也間接道出了他自己的思想傾向。

二、反映、關懷下層百姓的生活

除了對帝王將相、士大夫階層的言行多所選材之外，他也有一些選文是反映下層百姓生活面貌的，例如《十集卷四・妓家祝獻文》，引自李卓吾《山中一夕話》，道出了娼妓的痛苦與嘲諷，雖然用的是反諷、打趣的口氣，但卻也真實地說出她們的內心願望；又如《二集卷三・駕虎傷人》，引《祐山雜說》敘述捕盜兵迫害善良農人的惡狀，考掠追索，民不勝其苦。這種同情「鄙人」的文章，可惜在書中並非主流，數量不多。但從他編寫的下層人物來看，不論是村婦、漁人、妓女、宮女、僧人、貧士，多表現其情義與智慧，可見他對這些人物應是抱持同情態度的。也是從這種態度出發，他對封建官僚的腐敗，自然會大加撻伐。例如《十集卷二・餓夜叉》中，對利欲薰心的通判，以一首百姓的歌來批判：「見錢滿面喜，無鎰從頭喝。常逢餓夜叉，百姓不可活。」直接說出百姓的辛酸；又如《十集卷三・山東無好人》、《五集卷三・嘉善林知縣》等，都對草菅人命的地方官，給予無情、辛辣的抨擊、嘲諷。

三、勸喻名利無常，禍福自召

褚人穫或摘錄或記載了不少勸世的名句與相關軼事，給人是非成敗轉頭空，富貴榮華一瞬消的人生勸悟，這可能是他的自抒懷抱，也可能是藉此以自勉。例如《二集卷三・勸世歌》，提到「朝裏官多做不盡，世上錢多賺不了。官大錢多憂轉多，落得自家頭白蚤。」褚氏評道：「令人疾讀一過，名利心可以灰燼。」《三集卷二・多少箴》的詞意也是淡泊自安，勸人「多收書，少積玉；少取名，多忍辱；多行善，少干祿；便宜勿再往，好事不如無」，理致高超；又如《三集卷三・桃石相嘲》，以反諷筆調寫石敢當與桃符互相譏笑，門神最後點出二者皆傍人門戶，何必計較，可謂發人深省。

四、搜奇獵異，紀錄人生

這類例子甚多，如前述的奇士能人，奇聞異事，或是歷史上的掌故、文人學士及帝王將相的軼事，也都以「特殊」為其選文的標準之一。這固然可能有其商業上吸引讀者的動機，但是藉此表現出人生的無奇不有，來增廣見聞，為眾生相留下生動的記錄，也是此書的一大主題。限於篇幅，不再舉例。

這些主題思想的呈現，既是《堅瓠集》內容的一大特色，也是褚人穫個人思想、懷抱的一個側面表達，透過題材的選錄編纂，作者的諸多意識確實已得到了巧妙的傳達。

柒、結論：《堅瓠集》的優缺點及其價值

在清代文言小說中，《堅瓠集》並非以其文學藝術技巧的突出而為人傳誦，高達百分之九十五以上比例的文章是編選下的產物，因此，我們很難在創作部份予以探討其成就。事實上，這部書的可讀性與藝術性，褚人穫是不能獨攬其功的。然而，若從編輯學、文學社會學等不同的角度來看待此書，則我們亦不能否認褚氏仍有其傑出的才華表現。以下分三點來說明：

一、語言簡潔洗煉

褚篆在《堅瓠九集序》中指出：「雖屬小言，而雜而不亂，纖而不詭，筆歌墨舞，事足以垂鑒，語足以解頤，宜其引人入勝，令觀之者應接不暇也。」可謂一語道出其在語言運用上的成功。《堅瓠集》內容的繁多已如前述，褚氏充分發揮了以簡馭繁的編選能力，書中大部分作品是以三言兩語來講述一個故事，最後用一首詩詞或幾句格言來點明主題，有的詻趣幽默，有的嚴肅說理，透過精粹的語言表達，使哲理寓其中而顯於外，不論篇幅長短，率能

表達一個完整的故事或理念，實屬不易。

二、人物性格塑造突出

《堅瓠集》全書包含了志怪、傳奇、軼事，由於編者能取其所最吸引人的部份來發揮，往往能讓人閱讀後，留下深刻印象。當然，有不少篇章是他摘錄或轉載他人的作品，因此，許多人物形象的塑造成功，並非褚氏之功。倒是有一些人物的片段資料，透過他的搜羅加以集中呈現，可以顯示出人物較完整的面貌，雖然並沒有加以有機的重組編寫，但藉此使讀者有較全面的認識，此功亦不可沒。

三、反映時代生活，內容豐富多彩

在內容上，《堅瓠集》不僅有歷史上的人物、事件，而且也有不少表現出當代人、事的記載，特別是明清兩代的社會百狀，書中多有觸及。一些明末清初的文壇軼事，宮廷瑣聞，更具體顯示出此書的時代特色。可惜並未集中編寫，否則其價值會更高。全書涉及了歷代典制、神鬼怪異、風俗民情、名人事跡、歷史掌故，乃至讀書心得、詩文評論等，豐富多彩。不論是幽默、怪異、恐怖、溫馨、悲慘、智慧、閒適，兼而有之，確實是一部大有可觀的文言筆記書。

要評價這樣的一本書，可以從兩個角度來觀察。首先，純就一部選集的標準而言，此書缺乏明顯的主題、系統。當然，它甚至談不上是「選集」，而是讀書筆記，因此雜亂的現象遂不可免。但是，它卻深具史料價值，尤其是在社會史、文化史、文學史、史學史等方面，有其參考價值。另一方面，也由於其內容涵蓋了通俗性、知識性、趣味性與道德性，出版後頗受歡迎，才有續集的不斷問世，從這一點來說，這部不太成功的選集仍有其成功之處。

其次，從文學的標準而言，這部文言筆記小說中，非小說的篇幅太多，大部分的小說也僅是具有外在形式的雛型而已，只有一些志怪、傳奇較接近小說。但不論如何，在史料性的價值之外，此書仍有其不可忽視的文學價值，至少，它已顯現出從文言小說邁向近代小說發展前進的線索，而這一點，正是《堅瓠集》在文學發展，特別是小說發展史上的價值所在。

明鄭史料中的瑰寶

——江日昇與《臺灣外記》

壹、前言

清人江日昇所撰的《臺灣外記》一書，自康熙四十三年（一七〇四）初版問世至今已將近三百年。由於有關明鄭史料的亡佚甚多，而此書的出版距鄭克塽降清（一六八三）不過二十年，書中所記臺灣早期的史事，特別是鄭氏一族與臺灣歷史發展的記載，頗多世所少見者，因此治臺灣史者多視若瑰寶，認為是研究南明史與鄭氏時代臺灣史的重要資料。雖然，《臺灣外記》一書之性質究屬說部抑或史籍尚待討論，但毫無疑問地，此書已被公認為記載晚明鄭氏家族最詳細的作品。而在臺灣，鄭成功的神格形象長久以來被塑造得早已深入人心，相關的研究也一直沒有中斷，這位打敗荷蘭、收復臺灣、威震西太平洋的民族英雄，其事蹟至今猶在民間流傳不已。在臺灣早期拓墾、開發的歷史中，其重要地位可以說已無人可以取代。因此，《臺灣外記》的重要性也隨之受到肯定，只要是寫到鄭氏家族與南明歷史，幾乎都必須參考此書。以一九九四年為例，年中時曾上演「國姓爺」電視連續劇，書市也陸續出現幾本鄭成功的傳記小說，如在日本享譽盛名的歷史小說家陳舜臣的小說《旋風兒：小說鄭成功》翻譯出版，大陸小說家徐翔也在臺出版其作品《少年鄭成功》。徐翔在其序言中即明言參考了《臺灣外記》❶。陳舜臣雖未言其參考此書，但從其情節描寫來看，應該也參考過此書。由此可見，鄭成功故事的歷久不衰，而擁有其第一手材料記載的《臺灣外記》自然成為不可或缺的參考史料。

然而，即使相關的書籍不缺，有關臺灣文學、歷史的研究也隨著本土意識的抬頭而有蔚為「顯學」的趨勢，但不可否認的，今日生長於臺灣的青年學子對臺灣歷史茫然者大有人在，若求知有江氏《臺灣外記》者，恐更寥寥無幾矣。而此書之價值已如上述，故本文舉其綱目，試為論述。首先介紹江日昇其人其事，接著說明其版本源流、題材來源、寫作動機，最後論

❶ 見徐翔《少年鄭成功》序：「我查閱了四大史書中楊英的《從征實錄》、夏琳的《閩海記要》、阮旻錫的《海上見聞錄》、江日昇的《臺灣外記》」。漢光文化公司出版，一九九四年九月。

其瑕瑜，並引諸家之評騭，指出其價值所在。

貳、江日昇之生平事蹟

《臺灣外記》一書，題為「清九閩珠浦東旭氏江日昇」撰，但關於江氏的生平資料極少。據黃典權〈臺灣外記考辨〉一文❷指出，至少有三處提供了江氏的資料：

一、《福建通志》第一百六十二卷「國朝選舉」「舉人」部云：「康熙五十二年癸巳（一七一三）恩科江日昇榜……同安江日昇第一名。」

二、《泉州府志》卷三十七選舉五云：「康熙五十二年癸巳（一七一三）萬壽恩科解元江日昇……江日昇，本姓林，第一名。」

三、《泉州府志》卷七十六補篇向學傳云：「江日昇，原姓林，字敬夫，惠安前型人。康熙癸巳恩科解元。性孝友，有夙慧。甫弱冠，學史汪公薇即取入同安庠。父兆

❷ 黃典權，〈臺灣外記考辨〉，收於黃典權、賴建銘合著之《臺灣外記研究》一書，臺南海東山房藏版，一九五六年十月二十五日出版。以下所引三條資料見頁三。

麟，送至郡，遊於陳之緹，學遂大進。癸巳場中，刻意為文，日過午首篇始就，房考未及識拔，而主司謝昆皋於落卷中搜得之，喜躍若狂，遂定第一。闈文既出，人爭傳誦。應春官，有欲預為地者，峻辭卻之。林洪烈主楚闈，邀其俱往，所甄拔皆名士。未幾，歸卒於家。」

這是目前有關江氏的最完整記載。但從這些資料中，我們不禁產生幾個疑問。首先，江日昇原名林敬夫，何以《臺灣外記》未用原名，而且還以「江日昇」一名參加科考，並考上舉人第一的「解元」？關於這個問題，又必須牽涉第二個疑問，即官方記載其父為「林兆麟」，但《臺灣外記》卷一中卻有如下一段記載：

余先君諱美鼇，生（按：與鄭芝龍）同時，從永勝伯鄭彩翊弘光，督師江上。繼而福州共事，署龍驤將軍印。至丁巳（按：康熙十六年，一六七七）改職歸誠，往粵東連平州。始末靡不周知，口傳耳授，不敢一字影捏，故表而出之。

作者親自說明自己父親名字是「江美鼇」，而且指出江美鼇曾隨明將鄭彩，在長江護衛南明弘光帝，康熙十六年降清，之後往廣東連平州任職。據查《廣東通志》卷五十九職官五十中，並無「江美鼇」，卻有「林兆麟」任職連平州督標中營附將的記載❸。由此可見，「江美鼇」即是「林兆麟」。換言之，江美鼇、江日昇父子就是林兆麟、林敬夫父子。既然如此，何以江日昇會捨原名不用呢？既然不是筆名，則其中應有道理。比較合理的解釋是陳大道先生〈改名換姓從軍去，遺事常存稗史中——談臺灣外記的作者問題〉一文（見《臺灣文獻》四十一卷二期）的說法，他認為林兆麟在明鄭旗下抗清時，改名為「江美鼇」，降清後重新恢復本名，因此官修的《泉州府志》及《廣東通志》記載的是他的原名，而敘述南明戰爭實錄的《臺灣外記》則出現了他從軍時的姓名。在林兆麟隸屬明鄭旗下長達三十三年以上的時間裏，他一直以「江美鼇」為名，而「江日昇」之名亦必定於此時。這也說明了第一個疑問，即因作者自幼隨父親姓「江」的結果，雖然父親日後恢復本性，但他久已慣用「江日昇」三字，所以以此姓名寫作，甚至據以參加科考中舉。由於此書的風行，江日昇遂取代其本名而廣為人知了。

不過，方豪先生卻有不同的看法。他認為《臺灣外記》是江日昇自己所寫，應該比《府志》更可靠。經其考證，認為林兆麟是江日昇生父，惠安前型人；而江美鼇是其寄父或後父，

❸《廣東通志》卷五十九職官五十中記載：「康熙朝——林兆麟，福建人，三十九年任。督標中營附將。」

同安高浦所人。至於江日昇本人，原姓林，字敬夫，原名已佚，惠安前型人。以江美鼇為寄父，或由於江美鼇是其後父，因姓江，改名日昇，字東旭，稱同安人，入同安庠。此說亦可供參考❹。

除以上資料外，尚可由幾篇書序中找到一鱗半爪。如陳祈永序中稱他是「循循然重厚博物君子」；彭一楷序說：「江子為甌閩士，性嗜古文詞，不拘章句學。」鄭應發的序則有較詳細的描述：

> 吾友江子東旭，其先君當勝國之末，嘗統數萬兵，見天命有在，歸誠我朝，改武為文，授州守之職。東旭為幼子，最所鍾愛，晨夕左右不離，習知時事，強記博聞。疏財重義，四壁蕭然……歷落牢騷，所行不偶，行多坎坷。緣與友人計畫，無如數何。欲為鶯鳴義俠，反成雀角謗疑，構訟歲月，徙倚縣庭，因著臺灣外志一書。

由上述可知，江日昇晚景境況不佳，訴訟纏身，是個不得志的知識分子，雖然他早年應舉成

❹ 見方豪自印的《方豪六十自定稿》中〈臺灣外志兩抄本和臺灣外記若干版本的研究〉一文，一九七〇年六月出版，頁九一一。

名，但機運不偶，潦倒以終。他唯一的著作就是《臺灣外記》。但令人不解的是，《泉州府志》的小傳中對其著作卻隻字未提。

至於江日昇的生卒年確已無法查考，而「東旭」當是他的別號。從他峻辭推卻「欲預為地者」的舉動看來，他應該是一守正不阿的正直文人；至於「甄拔皆名士」，則可知他也有知人之明。可惜因「疏財重義」而家境中落。以上所述，應是有關江氏較完整的介紹了。

參、《臺灣外記》的成書年代

關於這個問題，由於並無直接證據，加上歷來對此書的討論罕有及此，因此並無定論。目前所見僅有黃典權及方豪兩人的說法。黃氏引卷首陳祈永序文云「余司鐸南詔，於乙丑（按：康熙二十四年，一六八五）春獲交珠浦江子東旭，蓋循循然重厚博物君子也。嗣出其所輯《臺灣外記》三十卷，屬序於余」，序末署「康熙甲申冬岷源陳祈永」。他分析說，從此序看來，因鄭克塽獻臺降清係康熙二十二年癸亥（一六八三），而陳氏是鄭氏亡後二年的乙丑（一六八五）春便在南詔與江日昇廝識，不久，日昇即出書請祈永作序了。如此算來，江氏應是在康熙二十二年鄭氏歸降那年始作，而於二十四年左右完成此書。他的此一推論，立刻遭到自己的質疑，因為陳序為何遲至康熙甲申（四十三年，一七〇四）才寫出，他無法理解。經過一番考證，他確定「乙丑」為「己丑」之誤；至於「甲申」他不敢肯定地推測不是「甲午」便是「丙申」。他根據《臺灣外記》記康熙二十年十月十三日，陳昴向施琅詳陳澎臺情節後，有按語曰：「昴字星華，平澎臺功，官現任粵東碣石鎮總兵」，然後又由《廣東通志》查出他任碣石鎮總兵是康熙五十四年，五十七年即卸任。所以他的結論是：康熙四十八年（己丑）江日昇與陳祈永締交，那時江氏所出《臺灣外記》僅是初稿，「而江氏完書係在康熙五十五年左右」❺。

黃典權所引陳昴事，是依「癸巳仲夏求無不獲齋刊」大字本，及「求無不獲齋刊」小字本（按：與「筆記小說大觀」本同）。方豪則另據上海均益圖書公司印《國學叢書》本，指出並無此一按語，而在另一版本《臺灣外志》「甲」）寫的不是「現任」，而是「歷任」，原文作「昴字星華，平澎臺功，歷任粵東碣石總兵，後轉粵副都統。」所以，方氏推斷江日昇於康熙四十七年時已完成此書初稿，因為這一年彭一楷已看到《臺灣外志》稿本❻。到康熙

❺ 同❸，頁六。

❻ 彭一楷序言：「康熙四十七年戊子春正月，余遊閩嶠，寓芝山蘭若，獲交山陰余元聞……元聞手一書，其標目曰臺灣外志……及詢作者姓氏里居，始知為江子東旭撰。」

五十五年左右，第一次修訂稿完成。而「最後的完稿怕已到了康熙五十七年以後了」❼。

以上兩種說法均非定論，而是根據不同版本的不同推測，除非有新資料的出現，否則此書的成書年代仍得存疑。不過，陳祈永序中「乙丑」一年，兩人都同意是「己丑」之誤。陳、江二人論交既然是己丑（康熙四十八，一七〇九）年，並且江氏請陳寫序；而彭一楷在康熙四十七年又看到此書。因此，不論當時是否已修定完稿，至少其初稿在康熙四十七年就應已完成。說康熙四十七年至五十七年是《臺灣外記》的成書年代，應該是較周延的說法。

肆、《臺灣外記》的版本問題

《臺灣外記》的版本頗為複雜。在袁行霈、侯忠義編的《中國文言小說書目》中，列了三種：求無不獲齋刊木活字本、申報館叢書續集本、筆記小說大觀本❽。而至目前為止，對此問題研究最深入的是方豪先生，他的〈臺灣外志兩抄本和臺灣外記若干版本的研究〉一文，詳細交代了各種版本的異同、源流，值得參考，在此不擬贅述，僅做重點式的介紹，並補充

❼ 同❺，頁九一〇。

❽ 見該書頁三七九，北京大學出版社，一九八一年。

一些其他後出的版本。

據方氏搜羅所見，有以下幾種版本：

(一)《臺灣外志》抄本（甲），四部十卷，加利福尼亞大學東亞圖書館藏。

(二)《臺灣外志》抄本（乙），五十卷一百回，加利福尼亞大學東亞圖書館藏。

(三)《臺灣外記》，求無不獲齋刊木活字本，三十卷，臺灣大學圖書館藏。

(四)《臺灣外記》，求無不獲齋刊大字本或稱大型本，三十卷，省立臺北圖書館藏。

(五)《臺灣外記》，求無不獲齋刊小字本或稱小型本，十卷，省立臺北圖書館藏。

(六)《臺灣外紀》，上海進步書局石印筆記小說大觀本，三十卷，臺灣大學圖書館藏。

(七)《臺灣外記》，上海均益圖書公司鉛印國學叢書本，上下兩卷，省立臺北圖書館藏。

(八)新刊新式標點《臺灣外記》，黃典權、賴建銘合校，臺南海東山房新刊本，十卷。

他根據以上八種版本相互校訂，於一九五九年由臺灣銀行經濟研究室署名編印出版《臺灣外記》，十卷。此書是目前所見版本中校訂最精審，內容最豐富者。和筆記小說大觀本的三十卷本相比，除了內容上的略有出入外，它不僅有陳祈永的序，而且還增入江日昇的自序、彭一楷序、鄭應發序、余世謙序、吳存忠序，以及「凡例」、〈鄭氏應讖五代記〉（大觀本作〈鄭氏世次〉）、平澎臺諸將姓氏等資料，對此書與作者的了解有其助益。這個被列入《臺灣文獻叢刊》的版本，分精、平裝兩種問世，為說明方便，依序列為：

㈨《臺灣外記》（精裝本），臺北眾文圖書公司，一九七九年三月影印出版，列為《臺灣文獻叢刊》第一輯。

㈩《臺灣外記》（平裝本），分三冊，臺灣銀行經濟研究室出版，列為《臺灣文獻叢刊》第六十種。（本文論述以此為文本）

這個版本之所以能在資料上超越前人，主要是方氏在加大發現所致。在這之前，除正文以外，不論是大、小字本、木活字本、國學本、進步本的《臺灣外記》均僅有陳祈永序與〈鄭氏世次〉，加大的兩抄本不僅有這兩篇文字（只是將〈鄭氏世次〉改成〈鄭氏應識五代記〉），還多了上述的幾篇序文，尤其重要的江日昇自序，更是各本所無，透過方氏的搜羅，使這些散而未佚的各家序文和凡例，得以再現，也對此書的研究提供了莫大的幫助。

對於國學叢書本的《臺灣外記》，方氏有詳細的考證，指出其特色有七點，分別是：1.僅分上下二卷；2.不分章目，亦無目錄；3.起於鄭芝龍誕生，其他版本大都起於明太祖朱元璋；結尾訖於清聖祖接納施琅奏疏、設立郡縣而止，這也與其他版本不同；4.幾乎刪去帶有迷信色彩的敘述；5.反清色彩濃厚，具有強烈的民族觀念，如陳祈永序刪改很多，而刪改的目的完全是出於反清；6.全書都以明代年號列於清代年號之前，這也是反清的表示；7.有幾處按語或評語，在其他版本裏作「評曰」、「東旭曰」、「附記」、「小紀」、「按」，卻變作「陳子曰」。這裏的陳子很可能便是作序的陳祈永。而這也提供了一點線索，何以其他人的序都被刪去，獨有他的序留下，不無可能正是陳祈永刪去的。從以上的敘述看來，這個版本倒是別具特色。由於這是光緒三十三年出版，方氏推測說：「刪去迷信的詞句，反清的表示，一定是均益公司重校時所作，因為光緒三十三年正是反滿思想最高的時候，他們選本書出版，也就是藉鄭成功來發洩民族情感。」這個推論應是合乎情理的。

在方氏文中，還曾提到另兩種不同書商出版的刊本：

㈡《臺灣外紀》，上海文明書局石印本（方按：疑與進步書局為同一版本，僅封面不同）。

㈢《臺灣外紀》，臺北世界書局（方按：只是進步書局石印本的影印本）。

蘇同炳先生在《臺灣史研究集》中則提到了另一版本：

㈢《臺灣外記》，臺南文化出版社排印標點鉛印本❾。

除此之外，至少尚有以下幾種版本：

㈣《臺灣外紀》，河洛圖書出版社，三十卷。

㈤《臺灣外記》，陳碧笙注釋，福建人民出版社，十卷本，一九八三年。

❾蘇同炳，《臺灣史研究集》，國立編譯館出版，一九八〇年四月。資料引自該書頁一〇二。

㈥《臺灣外志》，吳德鐸標校，上海古籍出版社，三十卷本，一九八六年四月。

㈦《臺灣外史演義》，風雲時代出版社，三十卷，分兩冊。上冊題為「延平壯跡」，下冊題為「將門恩仇」。署名江日昇原著，高陽校閱。一九八七年七月出版。

《臺灣外史演義》是典型的歷史演義體的呈現，三十回目取自「筆記小說大觀」本，但內容卻又取自方豪校訂的臺灣文獻叢刊本，是兩種版本的混合本。在編排上將江氏的按語說明另以小字體編排，眉目較清晰。

從以上的敘述可知，《臺灣外記》問世之後，曾經過多次刊刻，並因種種原因，在書名、回目、內容均多有所竄改和增刪，因此才有以上複雜、互異的版本流變。

除了版本的多有不同外，《臺灣外記》尚有《臺灣外紀》、《臺灣紀事本末》、《臺灣野記》等異名。而《臺灣外志》經考證後證實和《臺灣外記》是同一本書，並無不同，討論版本校勘時固可分開研究，但若論其源流則無法分開了。

伍、《臺灣外記》的寫作動機與題材來源

江日昇為何要撰寫這樣的一部書，是值得探討的問題。從其自序中我們知道他的目的是

要「閩人說閩事，以應纂修國史者採擇焉。」彭一楷序說他「編次其所見聞，備他日史官採取，其用心良苦」；吳存忠則稱贊他寫此書是「俾後來稽古儒生，知開創臺灣者建其業，攻克臺灣者顯其功，歸順臺灣者識其時，死難臺灣者彰其節。」這都是從正面來說他的寫作動機，是為了替歷史留下真實的記錄，讓後人知所警惕，並使修史者有參考的資料。但是，若從側面觀察，鄭應發的序給我們一個思考的線索，他說：「使東旭非構訟感憤，徒倚縣庭，安得此書而傳於世。」參照江氏晚年的窮困潦倒，牢騷滿腹，這種「感憤」之心，恐怕才是使他發憤閉門著史的真正動機。至於他為何選擇這種書寫形式，一方面可能是他父親的影響，他對當時的時事原本就有高度的興趣，鄭應發說他「習知時事」，可見其平日的留心，因此才會選擇這種表達形式；另一方面，文人托事言志的傳統由來已久，而小說的形式也是明清文人喜用的文體，他很自然就以此為其抒情寄意的載體。

至於作者對題材的搜集，毫無疑問的是費了一番心力。他在自序中明言「就其始末，廣搜輯成」，根據閱讀所見，作者至少透過兩個方面來廣搜題材：

一、耳聞目睹

由於作者父親生與鄭芝龍同時，至康熙十六年才歸順滿清，在鄭氏旗下長達三十多年，幾乎與鄭成功父子祖孫四代的史蹟相始終，他對鄭氏時事的見聞自然豐富，有不少內幕應能親眼見到，而且也一定可以聽到不少難得的史料，因此作者才會說他的父親「始末靡不周知，口傳耳授，不敢一字影揑」（〈卷一〉）。舉例來說，如〈卷二〉載：

> 東旭曰：余戊午歲會陳駿音於粵之韓江，年八十有奇矣。問及石齋先生事，駿音涕泗沾襟曰：「我，先生之罪人也，死無以見先生於地下……誠先生之罪人也。」語畢又哭，余亦惻然。故余知先生甚詳。（頁七八）

> 東旭曰：隆武帝后死於汀州府堂，乃順治三年八月二十八日。諸家紀事，悉書隆武被執，送福州斬於市。但時有錦衣衛陸昆亨從行，眼見隆武帝后戎裝小帽，與姬嬪被難。昆亨脫出……後昆亨歸鄭。繼而為僧，年八十有奇。為口述云。故特表出。（頁九四）

作者清楚說明其材料的出處，並以第一手的親聞來考訂其他史料的偽誤，由此亦可看出作者撰寫態度的嚴謹。又如〈卷十〉的記載：

余（按：作者自稱）曾於甲子冬，欲觀新闢之地，浮海過臺灣。舟次澎湖，登其地，偶成一律曰……。（頁四二四）

江日昇的一生遊蹤，幾乎走遍了閩粵地區鄭氏重要的舊跡，連臺灣、澎湖都親歷，所以他才能寫出如此完整的鄭氏家族興衰史。這種搜集第一手材料的寫作態度，正是寫史者不可或缺的條件之一。

二、徵考文獻

作者對相關的其他材料也善加利用，多方考索，而且並不盲從。例如〈卷一〉載：

按（指作者）：獵歷明季諸記事多說：「拜劍躍起，遂扶芝龍為首」；又一說：「芝龍與陳衷紀、陳勳等十八人各乘一舟往臺灣為盜，風引桅帶，攬而為一。各駭誓曰：『議以三通鼓而開者，立為主帥。』芝龍忽開。」此皆互疑兩可，難為信史……據云（按：指作者父親）：十船相連，尚隔有十餘丈、二十丈之間，不知海船難比河船，駕駛相近，則兩船必有一船礙傷。灣澳落碇，若相近，則兩船亦難獨全。兩船且難相

近，何況十隻船之桅帶，可攬而為一乎？附辨於末，以待採風者擇焉。（頁一五）

由此即可看出，作者對史料的考證確有其獨到的工夫，他在此以其海上的知識，說明「拜劍躍起」「桅帶攬結」是不正確的傳言，然後採用其父親的說法以為證據。

因為作者的積極旁搜廣求，加上客觀條件的配合，使其擁有一些親聞親見當時時事的機會，使得《臺灣外記》一書雖以歷史演義的型態出現，卻不減其史實的可信度，而呈現出豐富、多面的歷史面相。

陸、《臺灣外記》的得失評議

《臺灣外記》一書的性質到底是史籍還是說部，歷來頗有一些爭議，甚至引起一些筆戰，熱烈討論了此書是否可供史家據以研史，還是只是一部敷寫史事的歷史小說。下面引幾家的說法，即可知其南轅北轍的差異程度：

㈠黃典權《臺灣外記研究》：是一部不折不扣的歷史著作（頁九）。

㈡楊雲萍〈臺灣外記考〉：可以說是一部即乎史實的歷史小說，亦可說是一部用「小說」

的體裁寫成的鄭氏一門的史傳❿。

㈢蘇同炳〈鄭芝龍與李魁奇〉：《臺灣外記》一書中所記的鄭氏四代歷史，其來源大抵得之於當時的傳述。原書的作者既對當時的歷史缺乏完整而明白的瞭解，又不曾留心查證有關文獻，隨隨便便地就以道聽途說之言，加上他自己的向壁虛構，敷衍成了這樣一部太多趣味性的演義體小說。既是小說，當然其中所記的內容不能當作史實來徵引⓫。

從以上三家的說法來看，共識的基礎似乎十分薄弱。楊雲萍的意見是其中比較中庸的。但究竟如何，仍難有定論。誠如本文一開始所言，有關明鄭時期的史料大都亡佚，不易充分證實或否定其中的大部分史料。這個現象一直存在至今，如國史館修訂《清史稿》加以引用，其他一些歷史學者的著作，如郭廷以的《臺灣史事概說》（正中書局，一九五四年四月）、楊彥杰的《荷據時代臺灣史》（江西人民出版社，一九九二年九月）、方豪的《臺灣早期史綱》（學生書局，一九九四年八月）、周雪玉的《施琅攻臺的功與過》（台原出版社，一九九〇年二月）、黃秀政的《臺灣史研究》（學生書局，一九九二年二月）等書，都曾或多或少地加以引用，而且是正面的引用，足見此書仍有其參考的史書價值。

---

❿ 楊雲萍〈臺灣外記考〉，《臺灣風物月刊》五卷一期，一九五五年一月，頁一九。

⓫ 同❿，頁九四。

然而，如孫楷第的《中國通俗小說書目》，袁行霈、侯忠義編的《中國文言小說書目》，均編入小說類。至於上海進步書局把它列為「筆記小說」，風雲時代出版社更直接改名為《臺灣外史演義》，這些又說明了它的小說性質。

本文不擬對其屬性做出結論，而想藉此對此書的特色、得失加以探討，或能對此書的屬性有一側面的認識吧！

在此書的優點方面，至少有下列幾點：

一、編年體的寫法，清楚而有條理

此書以鄭氏四代五主的歷史發展為核心，敘事始於明天啟元年（一六二一），終於清康熙癸亥鄭克塽降清（一六八三）共六十三年，並對明永曆偏安事及三藩軼事有詳盡的記載，這些複雜的史事，透過作者的剪裁、安排，首尾一貫地連掇而成，表現了高度的組織駕馭能力。如果有易生疑竇的地方，作者也設法利用附註、附記、按語等方式，予以交代或填補。而且作者雖依編年方式進行，卻不忘以紀事為主的原則，《臺灣外記》全書分十卷，但各卷是以其事之多寡來區分，因此，卷一記了十九年事（最長），卷六記十二年事，卷五、七、八、九均記三年，而卷十僅記半年（最短），由此也可看出江日昇的用心編排。

二、文字雖通俗，卻不失嚴謹

《臺灣外記》的文字有人認為「通俗」、「並不出色」（陳大道），甚至有人斥為「荒誕離奇」⑫。對這一點，黃典權不以為然地說：「歷史著作儘多有筆調通俗的，固未可以《外記》之有此筆調，而混指為小說。何況《外記》之生動通俗，係出於作者之見聞親切，正是它獨具的優點，又安能以此病之？」⑬楊雲萍更進一步說：「或可說這就是本書的『長處』，有『興味處』——就是說：有似稗史小說的敘述體裁，可以避去考證文字的『無味乾燥』；並非架空的創作，故得免於『荒唐無稽』的遺憾」⑭。這個看法和蘇同炳先生的意見自然出入甚大。方豪則舉例說明江氏下筆之謹慎：「如江日昇以其個人身份述顏（按：顏思齊）時，必稱『思齊』，但在他人口中提起時，必改用其字，以示尊敬……可見《臺灣外記》用字的不含糊」⑮。因此，《臺灣外記》的文字特色是雖通俗卻不荒誕，甚至有史家的嚴謹。這對

---

⑫ 同⑩，頁六三。

⑬ 同❸，頁九。

⑭ 同⑪。

⑮ 見方豪，《臺灣早期史綱》，學生書局印行，一九九四年八月，頁一四七。

此書可讀性的提高有幫助，並且無損其歷史性。當然，若只從文字技巧上來看，江日昇不能算是一位成功的文學家，而此書也只能說是一部富有史料價值、用小說體裁寫成的作品。

三、作者的政治態度尚稱客觀

作者身為清人，在寫史時卻能不完全偏頗清朝，表現了史家的自我克制、就事論事的基本態度。雖然在行文中不免出現如「我（按：清）師奮勇殺敵」、「忽見賊（按：鄭）艘齊至」等用語，但在人物描寫時，大致能公允持平。對明鄭英勇的將士，他一樣歌頌贊佩；對清將的內鬥一樣不避諱。如寫鄭克臧遇害枉死，其夫人投繯追隨的情景，作者有感而發地說：「觀者嗟異，悉為下淚！時有『文正公兮文正女』之歌褒之。余書至此，亦為之破涕」（〈卷九〉，頁三八二）；又如寫寧靖王朱術桂與五妃殉難一節，作者除用哀淒之筆行之，更賦詩感佩曰：「天地乾坤無可寄，飄然海國全其身。於今天命誠如此，不負朱家一偉人。」表達了無盡的哀思。事實上，作者雖明寫鄭氏之事，卻也暗寓其教忠教孝的中心思想，這是超越政治、不分敵我的。因此，彭一楷才會在序言中說：「江子今為之表彰，不致海外荒服年久湮沒，人皆謂大有功於鄭氏，而詎知其有功於忠孝節義者為更多乎哉！」平心而論，寫這樣一部政治意味濃厚，且又涉及政權轉移的爭鬥歷史，確實是需要一點勇氣的。

當然，此書的缺失也有幾點：

一、內容失實之處尚多，有待校訂

蘇同炳在《臺灣史研究集》中，一連寫了三篇文章對《臺灣外記》中有失史實的部分提出糾正，包括了李魁奇為鄭芝龍所殲、耿精忠起兵叛清、范承謨被執及鄭經由臺灣出兵的史事，他詳加考證後，認為都有一些憑空虛構、不符實事的細部情節⑯。其他一些文章或書中，也有零散指出缺誤的，足見此書在史實上尚未臻於完善。

二、書中多處帶有迷信色彩

在《臺灣外記》中，不乏神話、傳說，且有濃厚迷信、附會色彩的描寫，這應該是此書被視為小說的主要原因。例如〈卷一〉中就記載了下列這些神話似的故事：芝龍生，母黃氏……紅霞堆於懷；成功生時大魚揚威，光亮達天；芝虎顯靈於洋等。〈卷五〉描寫成功進軍鹿耳門，禱天乍獲水漲；海中突出「鐵蓮花」，將荷蘭所有夾板刺沉於海，死無遺類。〈卷九〉寫道：一魚長二丈餘四尺，登山而死；萬年洲瀨口水牛漾海出大港而死等。這些異聞神話，

⑯ 這三篇文章分別是〈鄭芝龍與李魁奇〉、〈臺灣外記六七兩卷糾謬〉、〈海盜蔡牽始末〉。

雖不能說全部偽造，但終究令人難以置信，而這也可能是此書小說性提高，歷史性減弱的原因之一吧！當然，若將此書視為小說，這些誇張、富想像力的情節描寫無可厚非，但若視之為史書，則這些描寫就顯得「不合史實」了。

柒、結語

如上所述，此書的屬性備受爭議，實難下一定論，然筆者較傾向於將之列入歷史演義小說的範疇。事實上，作者也確有意採用章回小說回目的方式來呈現其傳統文言小說的性質，只不過缺乏小說的細膩描寫和曲折的結構安排，而比較接近於紀事本末體的格局。作者原本無意於成為一位小說家，而是希望藉此寫下當時的歷史，以為史家採擇之用，但又缺乏史家的才識學，因此不能達到正史的標準。雖然如此，由於有關臺灣早期歷史的書以此最為翔實，可參考之處亦多，故其史料價值也不可忽視。

《臺灣通史》作者連橫的父親曾購《臺灣府志》一書給他，並對他說：「汝為臺灣人，不可不知臺灣歷史」[17]，這番話促使他立下撰著《臺灣通史》的心願。撫今追昔，臺灣歷史

[17] 見連震東撰〈連雅堂先生家傳〉，收入《臺灣通史》附錄。中華叢書委員會出版，一九五五年八月，頁

的變遷，確實關乎每一位臺灣子民的情感血脈，從這個角度看，江日昇的《臺灣外記》在臺灣歷史發展的研究上，已有其不可抹滅的重要地位。

一七八七。

都來摘茶滿山香

——從族群融合觀點看《客家臺灣文學選》

隨著臺灣政治氣候的萌發變動，特別是八〇年代後期的解嚴，以及報禁黨禁的相繼廢除，本土化的呼聲響徹雲霄。在文學上，這種政治上的鬆動也得到了相當明顯的反映，「臺灣文學」的建立——首先自然是文字工具本土化的渴求與實踐——已獲得普遍的重視。

在「臺灣文學」的旗幟下，臺灣各族群的母語文學，包括原住民語、福佬語、客家語，都已有不少作家在開始摸索、嘗試，企圖走出一條結合母語與族群特性的道路。在這方面的努力成果而言，原住民由於有九種不同部族，語言相異，因此要建立各族的母語文學恐怕尚需一段時日。而福佬語文學，由於較早有作家在這方面嘗試創作，因此質量比較可觀。客語方面則遲了一些，但近年來在有心人士的銳意經營下，成果已逐漸呈現。

「客家文學」的定義，正如「臺灣文學」的定義一樣，至今仍糾纏不清，在寬嚴不一的標準下，往往有其不同的意義指涉。例如所謂「客家的」，即包涵了身份是客籍、作品語言使用客語、作品內容具有客家意識等不同層面的意義。不過，在現階段保存及發揚族群母語的要求下，主張採取寬鬆態度者佔較多數，客籍前輩作家鍾肇政即是其一。

鍾肇政認為所謂的「客家文學」是：「屬於客語族群的作家，較含有客家風味的文學作品。」在這樣的認知下，他編選了一套上下兩冊的《客家臺灣文學選》，由新地出版社出版。標舉「客家文學」的名號，進行文學選集的工作，這部書的問世，在臺灣客家文學的歷史發展上是頗具意義。

鍾肇政所認知的「客語族群作家」，其實涵蓋了以下三種類型的身份：一是土生土長的客籍作家（如吳濁流、鍾肇政、鍾理和、李喬），二是福佬客作家（如賴和、呂赫若、宋澤萊、張良澤），三是外省客作家（如林海音、周伯乃）。然而，在公開徵文的編選過程中，第三類作家的作品未見寄來，第二類作家則因其身份不易確認，加上客家意識、風味的稀薄而在本書中一概從缺。因此，在客籍、客語、客家意識、客家風味的要求下，這部書入選了自吳濁流、龍瑛宗、鍾理和、鄭煥以降，至劉還月、吳錦發、藍博洲、莊華堂等三十人的作品。

作為這樣一部族群色彩濃厚的文學選集的主編，鍾肇政很清楚其目的與功能所在。筆者以為，除了保存具客家風味作品、展現客家文學「史」之傳統的宗旨外，他更大的企圖心是在闡揚族群融合的此一觀點上。例如在龍瑛宗的小說〈濤聲〉中，他描寫了東部後山客家人堅韌的生活態度，同時也在最後提到了一群阿美族人，稱讚他們是「精雕細琢而成的青銅般的雄健漁人」；鍾鐵民〈霧幕〉中的男主角與非客籍女子玉英一起面對生活的磨難；江茂丹在〈死河灞〉中，以客家與原住民的地理背景，敘述三位原住民彼此的掙扎、互助，但最後卻不得不向命運低頭的悲慘故事。這些作品，都或多或少呈現出不同族群之間緊密相連的共同命運。

在這部選集中唯一入選的非客籍作家黃秋芳——這未嘗不可視為鍾肇政在文學上試圖超越族群的用心——在小說〈永遠的，香格里拉〉中，藉著女主角安黛的心境轉變，來表達外省人與客家人之間由陌生到熟稔的過程。安黛的婆婆是福佬人，認為她是「通人嫌的外省婆子」，不贊成她與兒子金水來往。安黛與金水在歷經一番奮鬥後成婚，但婚後金水的異常忙碌，令安黛內心感到生命的無依與茫然，於是她藉著尋找小學同學陳韻珍，來到了客家庄南苑村。在與陳韻珍及村裏淳樸、熱情的客家人相處後，她才逐漸發現到生命的踏實感，與土地、鄉親的愛，讓她有勇氣面對生活的挑戰。小說中有多處對話令人印象深刻，例如小時候安黛因自己是外省籍而瞧不起客家人，一次在得知最好的朋友韻珍竟是客家人時，她有了激烈的反應：

安黛急得跳腳：「妳騙我，妳騙我！妳那麼好，怎麼會是客家人？」

「客家人也有很好的。」韻珍輕聲輕氣地說，但卻語氣堅定：「其實大部分都是好的。我們讀的偉人，只是老師沒有特別說明，很多都是客家人。」

「我不要聽！」安黛摀住耳朵，態度蠻橫極了。

許多年後，她才恍然明白：「想不到我嫌人家客家人，有一天反而因為我是外省人讓別人來嫌棄我。一直到現在，我婆婆還不讓我進他們家的門。」

對韻珍與安黛來說，南苑村已成為她們割捨不掉的香格里拉，韻珍就這樣感慨道：

> 我們在課本裏，讀了長江黃河的起伏，唱過一遍又一遍祁連山、敕勒川。從來也不曾好好走過身邊的田隴、看過泥土的顏色，甚至不知道我們腳下的這條路，要走到那裏去……

這種回歸本土、不同族群和諧共處的認知，一直要到許多年後才啟蒙，黃秋芳在這篇作品中揭示了「落地生根」及「命運共同體」的理念，確實是令人深思的，無怪乎鍾肇政在序中會對這位福佬妹仔的投入客家文化、描寫客家人事之作嘖嘖稱奇了。

在這部選集中，還有一篇黃娟的小說〈閩腔客調〉，更尖銳地觸及到族群融合這一主題。小說中的范坤祥是福佬人，他到美國找好友黃啟東，不料從一見面起，就發現黃啟東雖是客家人，在美國卻不得不講福佬話，因為所謂的「臺灣同鄉會」，其實是「福佬同鄉會」，他沉重地說：

> 使用福佬語時，我有濃重的自卑感。因為你無法以那個語言來表達自己，人也像是矮了一截。當然人家看你也是這樣的。一個無法以福佬話侃侃而談的臺灣人，絕對被認為是窩囊的。

透過一次臺灣同鄉會聚會的不愉快經驗，福佬籍的范坤祥不禁捫心反省：「難道說福佬話佔著人數多，竟給了少數族群的客家人這樣大的精神壓力嗎？」他因此「為了自己族群的罪過而顫慄」……

這篇小說在美國發表後，引起很大迴響，因此在小說之後，主編特別附錄了一篇出自福佬籍鄉親陳配峰的〈客家人當然是臺灣人〉，從母語使用及臺灣人認同（身份）兩方面，來闡述臺灣各族群的互動關係，並強調「團結、和諧與理想」的族群政策。這樣的安排，也可以說明主編者在這方面確實是用心良深。

當然，在作品挑選上，這部書的缺失不是沒有。首先，書名雖是「文學選」，但僅收錄短篇小說，詩、散文等其他類型付之闕如，不能不說是一種缺憾。此外，編者為遷就入選者的客籍身份，所選作品也不乏並未有任何客家風味，如馮輝岳的〈接媽祖〉、劉還月的〈梁山伯與祝英台〉、魏貽君的〈細胞〉、陌上塵的〈遊俠賈天下〉等。

不過，作為第一本以客家人、事、意識為訴求的選集，這些缺失是瑕不掩瑜的。事實上，隨著傳統客家庄的瓦解與子弟大量外出謀生的處境，「客家人」的面目確已逐漸淡化，加上母語失落、不同族群間的同化相融，在年輕一輩中要找出真正飽含客家意識的作家並不容易。因此，對這部抽樣展示了臺灣客家文學歷史傳統，同時又不忘放寬視野，冀望族群融合、和諧共存的作品，我們必須予以肯定。

當前臺灣文學的大環境，正逐漸走向平等對待「福佬文學」、「原住民文學」、「客家文學」的道路，我們相信，只有藉由彼此尊重、提攜的良性互動，各族群文學的發展才能各自擁有更大的空間。過去，客籍作家的表現可圈可點，使臺灣文學增色不少，面對未來更多元、更本土、更富族群特色的臺灣文學史，相信客籍作家們依然會堅守文學崗位，締造出更璀璨、恆久的客家文學新貌！

附注：本文標題「都來摘茶滿山香」，取自李喬小說〈哭聲〉中的一段客家山歌歌詞。

客家文學vs.客家社會

——臺灣客家文學中所反映的社會關係

壹、「客家文學」定義的思考

正如對「臺灣文學」定義的紛歧，所謂「客家文學」的定義也至今未有定論。在籍貫、語言、意識等不同層面的糾纏下，任何比較全面（或者明確）的描述都有待進一步討論。客家人以客家話寫客家事，固然是一嚴謹的討論基點，但是很容易便陷入自我設限的狹隘範疇，諸如吳濁流、龍瑛宗等日據時代前後的客籍作家，戰後第一代的鍾理和、鄭煥、鍾肇政，以及更後的李喬、馮輝岳、黃娟、鍾鐵民、江上、謝霜天，到鍾延豪、吳錦發、陌上塵、雪眸、吳鳴、劉還月、藍博洲……等作家的作品，我們或可找出一些符合此嚴格定義下的篇章，但更多的是在語言、題材上並不相干的作品；此外，諸如福佬籍的年輕作家黃秋芳，不論小說或散文，都有一些運用大量客家語言來敘寫客家生活面貌的作品，若要以嚴格定義來看待，則又難於列入所謂「客家文學」之林了。

近年來，隨著整體政治大環境氣候的鬆動，本土化呼聲響徹雲霄，過去長期被壓抑的各族群母語（包括原住民語、福佬語、客語），開始得到較多的尊重。當然，不可諱言的，在各種客觀條件的限制下，也不免出現了如「福佬語沙文主義」之類的批評，但是，這終究是一良性的發展：各族群開始重視其自身的母語，族群之間也認識到相互尊重的必要。作為臺灣四大族群之一的客家族群（擁有四百多萬人口），也在族群意識的覺醒後，自一九八八年起陸續展開了「還我母語」、「新个客家人」運動，同時也有《客家雜誌》（前身為《客家風雲》）等為客家族群發言的刊物；「全國客家權益行動聯盟」、「臺灣客家公共事務協會」等組織的成立，更宣示了客家族群集體意識的抬頭；今年（一九九五）一波三折後終於成立的「寶島新聲客家電臺」，除了表現出客家人對應時代變遷與社會需求的積極性，也展示了對這塊土地強烈認同後的參與意願。

這些來自文化、社會、政治等不同層面的變動，無可避免的也對文學有所啟發與催化。客籍作家在對保存母語的危機意識以及發揚客家文學的使命感推動下，開始進行了文字工具本土化的實踐，一些直接以客語轉換成文字的書寫方式逐漸產生，例如黃恆秋（子堯）、杜潘芳格的客語詩，《客家雜誌》上刊登的如廖金明等的客語散文，在他們的作品裏，有些確實已符合籍貫、語言（文字）、意識的條件，而且他們正積極的在創作與推廣上用心盡力，如黃恆秋於第一本客語詩集《擔竿人生》出版後，又將出版第二本客語詩集《見笑花》；他同時與龔萬灶合編了一本《客家臺語詩選》，於今年八月出版，內收十二位操作客語創作有成的作家的作品。這些嘗試，具體說明了以客家母語文化創作的可能性，也開拓了臺灣客家文學的嶄新領域。

然而，這些仍只是起步。面對著過去臺灣客籍作家所締造的長期、優秀的文學傳統，我們在討論「客家文學」這一命題時，毋寧是應該採取較寬汎的標準的。即使是黃恆秋，在對「客家文學」下定義時，也不得不採寬鬆的說法，他認為：

一、任何人種或族群，只要擁有「客家觀點」或操作「客家語言」寫作，均能成為客家文學。

二、主題不以客家人生活環境為限，擴充為世界性的或全中國的或臺灣的客家文學，均有其可能性與特殊性。

三、承認「客語」與「客家意識」乃客家文學的首要成份。因應現實條件的允許，必然以關懷鄉土社會，走向客語創作的客家文學為主流。

四、文學是靈活的，語言與客家意識也將跟隨時代的腳步而變動，所以不管使用何種語文與意識型態，只要具備客家史觀的視角或意象思維，均是客家文學的一環。❶

換言之，構成「客家文學」的主要成份是語言與客家意識，是否為客籍並非必要條件。以研究客家語言知名的學者羅肇錦也持相同的意見，他說：「舉凡創作時用客家思維（包括全用客家語寫作，或部分客家特定特有詞使用客家話其他用國語，都是用客家話思維的創作），而寫作時情感根源不離客家社會文化，這樣的作品就是客家文學」❷；此外，第一部標舉臺灣客家的文學選集《客家臺灣文學選》，也於去年（一九九四）四月出版，其編選者鍾肇政的收錄標準是「屬於客語族群的作家，較含有客家風味的文學作品」❸。看來，他對客籍身份

---

❶ 見黃恆秋〈臺灣客家文學的省思與前瞻〉，收入《臺灣文學與現代詩》，苗栗縣立文化中心印行，一九九四年六月，頁六〇。

❷ 見羅肇錦〈何謂客家文學〉，收於黃恆秋編《客家臺灣文學論》，愛華出版社，一九九三年八月，頁九。

❸ 見鍾肇政《客家臺灣文學選・序》，新地出版社，一九九四年四月。

的認定較為重視，但他又選入了黃秋芳的小說，足見他不以此自限的態度。至於「客家風味」的界定更是寬鬆。但也因其寬鬆，才較為全面地呈現出客家文學——主要是小說——的歷史發展面貌。

因此，在現階段討論「客家文學」的定義，我們仍傾向於宜寬不宜嚴。本文在探討時的舉證將以下列兩個特性為基礎：一是客家語言的適度運用；二是作品的具有客家意識或反映客家族群的社會文化。至於客籍身份則不予考慮。不過，必須說明的是，在個人閱讀的經驗中發現，絕大部分觸及到客家風土人情、且能稍加運用客語詞彙的作品，多是出自客籍作家的筆下，因此，本文中所有例證均引自客籍作家的作品（黃秋芳除外）。此外，因本研討會的主題指涉的時間範疇是「五十年來臺灣文學」，本文的討論將只限於戰後作家，屬於日據時期的吳濁流等，或是更早的作家並不在討論之列。

貳、客家傳統社會的縮影——客家庄

要談客家族群的社會關係（不論對內或對外），不能不提客家傳統社會的縮影——客家庄。在客家庄尚未因社會變遷、族群日漸融合而趨於瓦解之前，它往往自成一保守、自足、獨立、團結的小型社會，相同的語言、生活習俗、價值觀念，使客家族群的情感在客家庄中得到堅實的凝聚，也形成其有別於其他族群的文化特色與社會關係。幾部膾炙人口的客家小說幾乎都是以客家庄為故事的背景，如謝霜天《梅村心曲》的梅村，是在苗栗縣銅鑼鄉的後龍溪畔；鍾理和的《笠山農場》是在六堆；鍾肇政的《沉淪》是在臺灣北部的典型客家庄「九座寮」；李喬《寒夜三部曲》中的《寒夜》是發生在臺灣中部的大湖庄；《荒村》的故事背景則有大湖郡、苗栗郡、新竹街、中壢郡、鳳山、二林等地，都是客家人聚居之地；黃秋芳的〈作客〉是在南苑村（這個中篇小說收於鍾肇政編選的《客家臺灣文學選》時題為〈永遠的，香格里拉〉）；至於吳錦發的《秋菊》則是在美濃……這些作品都與客家庄的社會背景脫離不了關係。

客家庄的產生有其現實上的背景因素。所謂「逢山有客客有山」，以臺灣多數客家人的「原鄉」大陸梅州為例，四百多萬居民中百分之九十八是客家人，為全世界客家人聚集最多的地方，這些來自黃河流域中原衣冠後裔的梅州客家人，歷經顛沛流離，因遷徙較晚，大都只能選擇丘陵地或山區落腳。自然環境的險惡，加上要防外族的追殺，使他們養成了團結、吃苦、不服輸的性格，因此，在梅州的傳統客家建築，「到處都是圍壟屋或是四合院，有些圍壟屋可住四、五十戶至百戶人家」❹。再加上客家人的主要農作物是種植煙草，因此成為經常遭受外敵侵入的理由，「為了搶奪這種輕而價格又高的煙葉，客家庄常遭盜匪的襲擊，因此堅固的集團住宅成為客家人村莊不可或缺的」❺。

至於臺灣的客家人，主要以梅州移居最多，也有不少是潮州和惠州出身的。他們來臺後也一樣被迫往較偏僻的山區聚居，由於閩客械鬥的歷史因素，加上在山區與原住民的既有利益相衝突，使他們不得不格外團結，以客家庄為一對外的戰鬥體。另一方面，他們因日常生活力求自給自足，強調共同勞動、相互協助的精神，也使得客家庄成為客家族群的生命共同體。早期來臺的客家人，以桃園、新竹、苗栗三縣最多，其次也散佈在彰化、臺東、花蓮、臺中、高雄等地。雖然今日已難再見較完整的客家庄，但若置身於諸如美濃、楊梅等地，依然可以感受到客家族群獨樹一幟的生活方式。我們可以發現，客家庄在扮演保護者的功能之外，其實也無形中造成此一族群相當程度的封閉性。

正由於客家庄中緊張、封閉的生活型態，造成客家人社會中重男輕女、女性必須參與勞

---

❹ 見何來美〈圍壟屋盛載客家精神〉，收入《笑問客從何處來》，苗栗縣立文化中心印行，一九九五年六月，頁五。

❺ 見高木桂藏著，關屋牧譯的《日本人筆下的客家》一書，譯者自印，一九九一年十二月出版，頁一三九。

動、大家庭制度的強調等現象，並以此為單位，與外界社會進行對抗、共存與融合的複雜演變。這些現象與演變，透過文學作品，得到了真實而生動地呈現，使我們了解到客家族群獨特的社會文化與變遷，而這種社會文化，個人以為，可以具體地從婚姻、大家族制度以及客家村莊社會的集體性等三個不同角度來加以觀察。當然，這三者並非各自獨立，相反的卻正是因果相生的共同體，因此，我們在分述的過程中，也不能忽略其彼此間錯綜複雜的關係。

參、客家文學中所反映的婚姻關係

客家族群在婚姻關係上，有其完整的一套禮俗制度，也可見出其深受中國傳統文化影響的痕跡，如「門當戶對」、「明媒正娶」等，但這些在文學作品中很少觸及，較多的注意力是置於對婚姻不能自主的質疑，以及對「同姓不婚」這個禁忌的衝決上。透過文學作品的表現，我們對客家社會中的婚姻關係的印象，也不免集中於此。不過，這種婚姻關係絕非客家族群所獨有。尤其「父母之命，媒妁之言」的強力支配論，原就是中國數千年來行之久遠的傳統文化，客家族群早期也不例外罷了。畢竟，客家人的祖先來自中原，而且歷代都以保存中原傳統文化自勉，所以在最簡單的「兩人社會」關係——婚姻禮俗上，自然深受古時風尚的影響，也就是婚姻的決定權在於父母及其家族。鍾理和小說〈薄芒〉中的阿龍與英妹，正是因為英妹父親的不贊成，便造成這對有情人一個發瘋、一個終身不嫁的悲劇。且看以下兩人無奈的一段對話：

「我想我們不管什麼，反正是一樣。」英妹寂寞的說。

「什麼一樣？」阿龍目視英妹反問著。

「父親不讓我們結婚！」

阿龍如被折了翅膀的鳥兒，口張著，頹唐而懊惱，許久許久不能說什麼。❻

一句父親不允許，竟命定一場悲劇，這種保守的婚姻文化，在客家社會中是司空見慣的；又如謝霜天的長篇小說《梅村心曲》中的素梅，因男方要沖喜，在母親與媒人的要求下，只得「草率將就」匆匆出嫁，而美貞在「萬分不情願」下，也只能聽命於父親的安排，「俯首無言，算是認命了」❼。

❻ 見《鍾理和全集》卷一《夾竹桃》，遠景出版公司，一九七六年，頁一四八。

❼ 見《梅村心曲》第二部《冬夜》，智燕出版社，一九九〇年三月，頁二〇。

至於童養媳、招贅婿的婚姻方式，也是客家文學作品中經常觸及的題材。我們不會忘記在李喬《寒夜三部曲》中，那位憨厚粗壯的彭人興，後被山村石輝屘女阿枝仔招贅為婿；而彭家為了勞力之需招劉阿漢為婿。同樣也是客家農村需要勞動人口的考量，彭家四子人秀有童養媳燈妹，只不過，稚弱多病的彭人秀在與燈妹成婚前夕卻得了急症「著天釣」死了。這些因填補勞動力為出發點的婚姻關係，確實造成不少痛苦的悲劇。年輕客籍女作家張典婉近年來在《臺灣新聞報》上發表了一系列以「客家小說」為名的作品，將他個人在客家庄中的成長經驗以文學的方式表達出來，甚受矚目，其中就有幾篇以童養媳為題材，例如〈我的阿冉姑〉，她寫道：

> 客家人喜歡男子，可以下田，女生就多半給人當童養媳，因此沒有媽媽疼愛，又得不到繼母歡心的阿冉姑，在家似乎是多餘了，小小年紀就賣到苗栗坪林的黃家當童養媳，開始了她的一生舛運。……
>
> 在丈夫眼中，她始終是買來的女人，踢她、打她、罵她，向她要錢，悲慘跟著阿冉姑一生。❽

---

❽ 張典婉〈我的阿冉姑〉，《臺灣新聞報・西子灣副刊》，一九九二年十一月七日。

阿冉姑一生勤奮，吃苦耐勞，然而悲苦的命運從來不曾離開她。這也是父母之言下另一齣不斷上演的悲劇。

至於「同姓不婚」的習俗，也是客家社會嚴格遵行的原則。據客家研究學者陳運棟所言：「更有少數被認作同宗的相異姓氏，如張廖簡、余涂徐等，還是不准通婚姻的。另外，有某些姓氏，因為他們的祖先輩，曾有結怨之仇而發誓此後互不通婚，相沿至後世，他們的子孫就一直不敢破例」❾。這種習俗，對客家人的婚姻關係自有一定的衝擊。透過文學作品來質疑這種習俗的作家中，無疑的要以鍾理和為代表，因為他自己正是衝破這種習俗的實踐者。他和鍾台妹（小說中的平妹）的婚姻，觸犯了客族社會的禁忌，使他們為此付出了極大的代價，必須遠走異鄉，忍受來自客族社會如網羅般的輿論壓力，若非他們堅貞的愛支持著彼此，恐怕淪入更悲慘的境地。鍾理和在他寫於一九四六年五月十日（在北平）的日記上如此說道：

> 我們的愛是世人所不許的，由我們相愛之日起，我們就被詛咒著了。我們雖然不服氣，抗拒向我加來的壓迫和阻難，堅持了九年沒有被打倒、分開，可是當我們贏得了所謂勝利攜手遠颺時，我們還剩下什麼呢？沒有，除開愛以外，我們的肉體是已經倦疲不

❾ 見陳運棟《客家人》，東門出版社，一九七八年九月，頁三五二。

堪，靈魂則在汩汩滴血。如果這也算得是勝利，則這勝利是悽慘的，代價是昂貴的。在別人或者在別的場合，由戀愛而結婚，該是人間最輝煌、最快樂的吧！而我們的場合，則連結婚這一名詞也不可為我們所有。⑩

這充滿怨恨、無奈的吶喊，在鍾理和自傳式的長篇小說《笠山農場》與短篇小說〈同姓之婚〉中，都有直接的抒發。《笠山農場》中的劉致平與劉淑華，在面臨強大的社會壓力下，最後只好選擇離開笠山農場這個典型的客家庄（笠山在高雄縣境內，附近居民全是客家人，與屏東縣境內的客家村落合稱六堆），經日本、朝鮮到大陸滿洲，去追求他們不被社會接受的愛情與理想。

在〈同姓之婚〉中，我們可以看到鍾理和的迷惑與痛苦，同姓的意識宛如一條蛇，時常會「不聲不響地爬進我的知覺中，使我在瞬間由快樂的頂點一下跌進苦悶的深淵」；當父親知道後，大發雷霆地表示「不願意自己有這麼個羞辱門第的兒子」，而多次把他趕出家庭⑪。這種因違背規範而為社會所不容的婚姻關係，透過鍾理和的筆，令人欷歔不已。如今，「同

⑩ 見《鍾理和日記》，遠景出版公司，一九七六年十一月，頁九一。

⑪ 本段所引出自〈同姓之婚〉，收入《雨》一書，遠景出版公司，一九七六年十一月，頁二一。

姓之婚」已不是什麼「駭人聽聞」（鍾理和語）的事，但在客家社會中依然是很受重視的「婚姻指導原則」。以筆者居住的客家市鎮「中壢」為例，「張廖簡宗親會」依然活躍，而來自父執輩「張廖簡」三姓不可通婚的訓示依然時有所聞。雖然這並不是客家族群所獨有，但在文學作品的反映上，它倒是佔了重要的一頁。

肆、客家文學中所反映的家族關係

家族是以婚姻為中心的血緣性共同生活體。客家人的一般風尚，都採家族制的數代同堂，這種家族制的社會職能，主要在於謀求經濟的自給自足，對外敵的共同防衛以及扶養老弱孤寡、祭祀祖先、教育子弟等。由於客家社會一向是父系社會，而且是家長型社會，因此家族往往由家長主持，「如家長健在，雖子孫滿堂，也不分家。房屋不夠居住時，就在本宅範圍增建供用，慢慢地就形成了客家人特有的『圍壟房屋』。家長雖然不一定要這一家的最尊長者來擔任，但大體上還是以最年長者擔任的為多。家長統率全家，代表這一家對外行事，有絕對權力，家屬必須聽從他的指揮」⓬。至於大家庭中的烹飪洗掃，通常都由媳婦們擔任，

⓬ 同❾，頁三六四。

每人輪值十日或半月，年節時則共同操作。「不論是打粄、包粽、醃漬、釀醬油及紡織裁縫等事，都是客家婦女日常生活必備的技能，因此她們特別注重所謂的『家頭教尾』、『田頭地尾』、『灶頭鍋尾』和『針頭線尾』四項婦工」[13]。集生產與消費於一身的機能在客家家族中有充分的發揮，而婦女在家族中所扮演的角色可說是最重要。美籍傳教士羅伯史密斯(Robert Smith)在《中國的客家》（一九〇五年發表於《美國人雜誌》）一文中對此有精要的解釋：

> 客家婦女真是我所見到的，比任何婦女都值得讚歎的婦女。在客家的社會裏，一切艱苦的日常工作，幾全由她們來承擔著，看來似乎都是屬於她們的份內責任。原來客家因多居山區，壯年男子大都到南洋一帶謀生去，或到軍政界服務去，留在家中的都是年老或幼小，因而婦女便成了家庭中的主幹。[14]

因此，客家家族的型態基本上是「父當家，母持家」。這裏的「持家」一方面是指勤奮地料

[13] 同[9]，頁一九。

[14] 同[9]，頁一六。

理家中大小瑣事，甚至必須與男人一樣工作以分擔家計，另一方面也指客家婦女在家中的地位其實不比男人低。過去傳統對客家婦女的印象除了柔弱、吃苦、唯夫命是從外，其實也對她們強悍的生命力給予肯定、讚揚。黃秋芳在《臺灣客家生活紀事》中曾說：

> 客家女性絕不是隱忍壓抑的。她們在傳統的馴順形象中，主掌勞役，也主宰決定的威權。無論是田事或家事，大剌剌地和負責防禦安全的男性角色分庭抗禮，毫不掩藏地透露出強韌的生命力。……所以，在客系思想裏，女性角色在強勢的勞動力下，一直被極度尊重。⓯

換言之，在客家社會中，女性因其傳宗接代與勞動力的功能，而在家族中擁有相當的決策權力。不過，權力的中心依然在男性，而且婦女的權力賦予通常是在「媳婦熬成婆」之後。在媳婦階段或女兒階段的女性，基本上還是這個大家族中「弱勢」的一群。

描寫女性戮力持家，不向逆境低頭的精神，在客家文學中是極被重視的一大主題，我們可以在幾部客家「大河小說」中輕易找到這種以女性為主體的敘寫手法。如鍾理和筆下做田、

⓯ 見黃秋芳《臺灣客家生活紀事》，台原出版社，一九九三年六月，頁七六。

扛木頭，一起熬過貧苦歲月的「淑華」或「平妹」；鍾肇政《滄溟行》裏的「玉燕」、《插天山之歌》裏的「奔妹」、《流雲》裏的「銀妹」，她們或是「花囤女」（養女），或是家境窮苦，命運坎坷，往往沒有受過良好教育，但她們卻都像大地之母一般，散發出堅強的生命韌力；李喬《寒夜三部曲》中的「燈妹」更是能在個人及家族遭逢困境之時，形成整個家族的擎天大柱；又如謝霜天《梅村心曲》中的林素梅，在農村艱苦落後的生活中，一一失去了丈夫、婆婆與愛子的生命，卻依然能在掙扎中堅挺屹立，表現出客家人執著、犧牲的堅忍氣質。我們在這些作品中，看到了她們身為媳婦時的熬煎，也看到她們如何在命運無情的作弄中堅忍持家，一步步地找到自己的天空。年輕小說家莊華堂甚至在他的小說《土地公廟》中，以藝術性的象徵技巧，將故事中的婦女勤妹提昇到「土地婆」的層次⓰，使我們對客家婦女「大地之母」的印象得到最強烈的烙印。我們不得不承認，在過去的客家文學中確實存在著「以女性為主導的特質」（彭瑞金語），女性在客家社會關係中是扮演著最吃重角色的。

婆媳問題的存在，不是客家社會所獨有。但客家作品中對此的刻畫似以負面居多，描述

⓰ 莊華堂在最後寫道：「阿坤伯先是一驚，卻站著沒動，朦朧中，似乎看見一尊土地婆，坐在他的水田裏。像那年，阿忠放火燒掉長腳林的大草堆之前，勤妹也是坐在水田中，不准長腳林的秧苗插上去……」，見其《土地公廟》，聯經出版公司，一九九〇年八月，頁五二。

婆媳和諧的不多見。且不論黃秋芳小說〈作客〉中的外省媳婦安黛與客籍婆婆因族群間的歧見而長期相互敵視，我們還可看到鍾欆的短篇〈另一個日子〉中，啞巴媳婦得不到婆婆的善待，「婆婆未死去時甚至衣服也不要她洗，婆婆常指著竹竿上衣服的污跡罵她半天」⓱；張典婉〈我的阿冉姑〉中寫道：「勤快的她，小小年紀，就能把許多事做得有條不紊，但是她也逃不掉和許多童養媳一樣的惡夢，三不五時地被抽打和怒罵，遇到黃家公婆不歡喜，她的背上、腿上總要被抽上幾條紅紅的烙印。晚上睡覺，不能翻身，不然傷口會痛」⓲。這種不和的婆媳關係在各種文學作品中都有所反映，非客家獨有。當然，描寫婆媳關係和諧的也有，《梅村心曲》中素梅與婆婆就是能夠相依為命，即使是丈夫阿楨英年早逝，婆婆也沒有因失去兒子而責怪素梅，反而相互扶持。以下這段對話即是一例：

「這些日子裏，也實在難為了素梅。」婆婆說。

「我看她倒還挺得住，年紀輕輕的，也虧她能夠識大體。」公公的話聲。

「唉！總講一句，是我們的兒子福薄。」

⓱ 見鍾欆〈另一個日子〉，收入鍾肇政編《客家臺灣文學選》，新地出版社，一九九四年四月，頁四六七。

⓲ 同❽。

「她雖是一個女流，也真不輸一位男子漢，我們家確實少不了她。」

「以後，我們就把她當作自己的兒子看待好了。」婆婆這樣說。[19]

這倒是令人感動的一幕，然而在客家文學中並不多見。至於妯娌關係的反映也有一些，如《梅村心曲》中素梅與小姑美貞情感深厚，卻與弟妹嬌蓮水火不容，時相鬥氣爭吵；鍾肇政《沉淪》中的大嫂秋妹與兩個小姑鳳春與韻琴「姐妹情深」；鍾理和《笠山農場》中的劉淑華與劉致平的妹妹情同姐妹；黃文相的短篇〈死後的逗留〉中那三個媳婦間的勾心鬥角，也提供了觀察妯娌關係的另一個面向。

在客家家族中，即使是大戶人家也不雇用奴婢，而由女兒、媳婦全權處理[20]，但是為了農事勞動的需要，往往會雇用一些長工，這就構成了雇主與長工之間的勞資關係。然而，在客家社會中的長工往往與雇主一家形成親近的「家人」關係，尤其是一些長期受雇的長工，即使年老也能得到尊重與感激，例如張典婉的小說〈明漢伯〉（《臺灣新聞報》，九四年十一

[19] 同[7]，頁二〇三。

[20] 此說引自張典婉的〈美濃婦女的昨日今日〉，收入《土地人情深》，苗栗縣立文化中心印行，一九九三年六月，頁一一七。

月三十日）中的長工明漢伯，來家中幫父親鋤果園的草、替葡萄剪枝，而在作者眼中，他其實更接近祖父的慈祥角色，以下的描述就很生動地道出明漢伯長工之外的長者形象：

> 稻子成熟後，明漢伯還會拉著牛車慢慢走著，我就擋在路中間，耍賴想去坐一回牛車……幾分鐘以後，明漢伯把我抱下牛車，「好轉屋家（回家啦）！」他怕我不見了，媽媽會罵人，又到那裏去野了……
>
> 明漢伯有時候也帶我去街上走走，他家就在街上大化宮對面……明漢伯喜歡抽兩根新樂園，吃幾顆花生米。我也愛吃花生米，不過我更愛在大化宮旁邊有爿小店，賣著一桶紅紅大大的酸梅，一毛錢兩顆，我含在口裏，酸酸的，很對胃口。我喜歡瞇起眼睛享受酸梅的滋味，另一顆就放在口袋裏，再滿足地走回家。我還告訴明漢伯：「別告訴我姆喲！」他點點頭，笑著摸著我的頭：「憨嫲（呆小孩）！」

這種親近和諧的關係，完全沒有一點勞資對立的隔閡，給人溫馨之感；又如鍾肇政《沉淪》中的阿庚伯，是陸家的老長工，已六十餘歲，小說中寫著：

正和勞碌了差不多一整生的人們一樣，他也是個忠心耿耿滿懷仁慈的老人。他已經有一大群子孫了，可是主人家不忍心解雇，他也捨不得離開他賣力了五十幾個年頭的主人。他僅比陸家現在的主人陸信海年輕三歲，當他到陸家來當長工時還只是個十三歲的小孩，他看守著整個陸家的人們的生生死死，死死生生，好一些細節他甚至比信海老人都熟悉。㉑

在這裏，「義」的關係早已超越「利」的關係，使他成為家族的一分子了；此外，《梅村心曲》中的阿土，從十八歲進到素梅家當長工起，林家就不曾把他視為外人。小說中寫他第一天進林家的情景道：

當晚，一家人圍坐圓桌用飯時，公公特別慎重地對大家說：

「阿土雖然是個苦人家的孩子，但他同樣是人生父母養的，我們請了他來，千萬不可把他看作牛馬來喝斥，一定要當作自己的子侄看待，以後同做同息，沒分什麼高下，吃好吃壞，絕對不可有什麼偏差。」

㉑見鍾肇政《沉淪》，遠景出版公司，頁二二一。

繼母接口說：「著哪！以後阿土就算我們自家人一樣的。」㉒

阿土在林家勤力工作，而素梅也一視同仁地為他完成婚事，替他張羅買田，使他終能擁有自己的事業。至於因短期的農忙而請的工人，雖然無法像家中的長工一般「如同手足」，但也都極為融洽地以禮相待，如吳錦發小說《秋菊》（後改編拍攝成電影「青春無悔」，是臺灣電影史上第一部客家電影，劇本於一九八三年十月由幼獅文化公司出版，吳孟樵、周晏子編著）中的美濃客家庄，每到菸葉採收的季節，一些戴著以洋布巾包緊的斗笠的摘菸女工便會受雇來採收，而與男主角阿發產生愛戀的秋菊，正是來幫忙摘菸的女工，她們都天真地笑鬧，努力地工作，以愉悅的客家山歌為淳樸的客家庄增添熱情的氣息，這種熱絡的景象在客家社會中是既熟悉又親切的。長工也好，女工也好，在客家社會中與雇主都是平等的鄉親關係。

客家人一姓一庄，以家族為單位聚居而成更廣大的客家庄。在庄內彼此和睦共處，遇有農忙相互協助，遇有外敵入侵，同心齊力防禦，因此，客家社會中的人情味格外濃厚，也因此交織成緊密往來的社會網路。這種網路一方面構成互助合作的人情傳統，一方面也不例外的造成無形的人際輿論壓力，前者顯現出客家族群的熱情性，後者可見出其保守性。而這兩

㉒ 同❼，頁二三一。

種社會關係在客家作品中均有所反映。

以前者來說，例如《梅村心曲》中素梅頭胎生了個男孩，「幾天後，遠近的鄰人親友紛紛來『送羹』賀喜，有的提來母雞和酒，有的送來一盒雞蛋，有的割了兩斤豬肉。婦人們免不了要掀簾進來看看素梅和孩子，說上幾句吉利的話」㉓；鍾理和的〈阿煌叔〉中曾提到村中有「包班」的互助團體，他說：「我們的村裏，每年到了大冬稻子播下田裏，便總有三幾個在村裏比較能幹的年輕人出來組織除草的班子——包班，這是一種帶有互助性質的團體。班員全是些年輕人，當時阿煌叔便是領班之一。」㉔凡此均可見客家庄中互助往來的人際關係。

在客家社會的人際溝通管道中，「山歌傳情」是極具特色的一種方式，正如鍾肇政所言：「在庄子裏的人們，唱山歌幾乎可說是平常日子裏唯一的娛樂。工作時唱唱，休息時也要唱唱，晚上拉著一把絃子，更是大唱特唱。特別是到了摘茶時節，摘茶女人大批地湧進庄子裏來，於是山歌成了他們唯一排遣胸中鬱悶的東西」㉕。鍾理和的《笠山農場》中有一段精彩

㉓ 同❼，頁一二五。

㉔ 鍾理和〈阿煌叔〉，收入《原鄉人》，頁二三六。

㉕ 同㉑，頁九。

的山歌對答，說明了山歌是客家人表達及聯繫情感的優美工具，在客家社會中起了潤滑調劑人際關係的作用，且看：

> 久聞笠山寺有靈，笠山寺裏問觀音；笠山人人有雙對，何獨阿哥自家眠。（阿康）
>
> 雖然笠山寺有靈，無雙何必問觀音；笠山人人有雙對，須是前生修到今。（素蘭）
>
> 笠山無花別處有，笠山無女別處求；笠山無雙別處娶，何需阿妹閒發愁。（阿康）
>
> 笠山有花紅羞羞，笠山有女看人求；大方阿哥求一個，小氣阿哥水上流。（素蘭）㉖

這種表情達意的方式，在客家作品中常少不了，畢竟這是客家文學中重要的傳統。

客家社會中因人情往來密切形成輿論壓力的例子也不少，如鍾理和〈同姓之婚〉中的平妹，即遭到同儕的排擠與不諒解：

> 她從前的朋友，即使是最親密的，現在都遠遠的避開她了，彷彿我們已經變成了毒蛇，不可親近和不可觸摸了。我為怕平妹傷心，曾使用了一切可能的方法，去邀請、甚至

㉖ 見鍾理和《笠山農場》，遠景出版公司，一九七六年十一月，頁九五至九八。

哀求她的朋友到我家來遊玩，但沒有成功過一次。㉗

強大傳統力量下的客家社會的保守性由此表露無遺；《梅村心曲》中的素梅，在丈夫死後，有一次去河邊洗衣，卻發現大家都冷淡地給她臉色看，她感到不解，最後有人告訴她：「她們說阿楨才過身不久，妳就跟男工們一起割稻，不知安的什麼心？又講妳肚子大得有些奇怪，不曉得怎樣來的……」㉘這種群體的壓力關係在客家社會是很受重視的。也因此，當素梅被迫分家時，客家家族的家長型制度便發揮其作用，並由多位親戚聯手來做公正的仲裁：「住在五湖的老舅公，下屋的傳英叔，西灣的傳貴叔，下灣的阿尤叔……以及素梅、繼母、嬌蓮的娘家人，今天都來了。」㉙由此可知，在客族社會中自有一套制約人情世故的無形律法，而這也是難以掙脫的社會羅網。

從以上的敘述中，我們看到傳統客家家族中的婆媳、妯娌、雇主與長工的種種關係，也透過文學作品了解到客家社會的熱情、積極與保守、封閉，這些錯綜複雜的社會關係，正是

㉗同⓫，頁二一六。

㉘同❼，頁二二六。

㉙同❼，頁二七八。

客家文學所呈現、思考的一大主題。一個家族，一座客家庄，毫無疑問的，正是一個小社會。

伍、客家文學中所反映的族群關係

徐瑞雄先生在〈本省客家鄉村社會的若干變遷〉㉚一文中，曾指出客家農村社會具有強烈的「我群意識」(wegroup consciousness)，而羅香林先生所謂的「狹義的種族思想」㉛也說明了客家人族群意識的濃厚。上述對客家社會內部各種社會關係的分析，使我們對客家族群的社會特色有所了解，這一節要進一步探討的是客家族群的對外關係，包括其對應其他族群的態度以及面對社會變遷時客家人的意見與因應之道。

在客家作品中，我們不難發現有關不同族群間接納與敵對的例子，尤其在通婚方面的情形最多。這是因為在族群融合的過程中，婚姻經常是最先發生的問題。不論是閩客之間或客

㉚ 見「中原文化叢書」第三集《客家風土》，頁一二〇至一二八。

㉛ 見羅香林《客家研究導論》，古亭書屋發行，一九三三年十一月廣州初版，一九七五年一月臺一版。在其二七七頁中還一再強調：「客家民系，最足令人注意的，為狹義的種族思想及由此思想所表現的種種活動或行為。」

家與外省族群的通婚，往往劇烈地衝擊了傳統封閉的客家社會，這種衝突，也成為文學中的一大主題。黃秋芳〈作客〉中的安黛，與金水相愛，但金水的母親反對，因為「他母親一直不喜歡她，說她是通人嫌的外省婆子，硬是逼著她離開」㉜，於是金水申請到日本學校就出國了。安黛於此體會到福佬與外省不同族群間的對立關係。此外，小說中描寫她與國中最好的同學陳韻珍在客家庄南苑村讀書時的一段對話，也從另一個角度呈現客家與外省間的許多誤解：

> 唸書時她們坐在一起，安黛俠氣，仗著聲音好，腔圓字正，拿回幾次國語文競賽錦標後，常帶頭做了些自以為很有趣的小奸小壞，對於不合群的同學、小氣的同學，以及各種各樣叫她看不順眼的習慣，總是昂著頭，冷然道：「哼！客家人。」就好像「客家人」三個字也可以演繹成不屑或詛咒，她們的感情好，常常就有人拿陳韻珍去堵她：「羞羞羞！不准妳跟客家人好，陳韻珍是客家人，她要和妳絕交！」「你胡說！」安黛插著腰，氣虎虎地拉著韻珍，「快點！妳告訴大家，妳不是客家人！」韻珍站在那裏，不說話，單是憂傷的眼盯著安黛。安黛逼得急，她就嘆了一口氣，還

㉜ 同⑮，頁一一七。

是什麼話也沒說。

安黛急得跳腳：「妳騙我，妳騙我！妳那麼好，怎麼會是客家人？」

「客家人也有很好的。」韻珍輕聲輕氣地說，但卻語氣堅定：「其實大部分都是好的。我們讀的偉人，只是老師沒有特別說明，很多都是客家人。」

「我不要聽！」安黛摀住耳朵，態度蠻橫極了。[33]

在南苑村的鄉公所民政課工作的鄭河清，在小說中是一政壇失意、卻一心想為鄉土奉獻的人，身為記者的妻子阿逸，曾在他要出來競選鄉長前對自己的外省身份有過分析，她說：「這不是臺北，是最封閉的客家聚落，宗親、派系、買票，這些鄉下的技倆都很有用，唯獨文宣多餘。……你打不過這場地域戰爭的，首先，你條件最不好的是，誰叫你帶著個外地老婆回來，到了選舉時你就知道，我是你的致命傷，我連一句客語都講不出來。」[34]進入閩客社會中，外省族群因難以融入而形成的巨大隔閡與無奈，從上面兩個例子中可以看出。不過，經過一番調適與時間的彌合，族群間的界線逐漸消失，安黛回鄉下探望金水的母親——這位深深拒

---

33 同15，頁一三八。

34 同15，頁一七三。

絕、刺傷過她的婦人：

安黛坐近她，看她打盹時滑下來的眼鏡後，一雙又皺又鬆的眼，有時候她一震，睜開眼突然看到安黛，猛地又是一驚：「噯！妳那會在這？阿水有合妳做伙轉來沒？」安黛歉意地搖搖頭。她也立即清楚起來，嘆了口氣：「合妳講這做喏！外省番，聽攏沒。」

「聽有啦，阿母，」安黛坐近她，溫柔地說：「其實，我們互相都懂得對方三五成，再忍耐點，大部分也就懂得了，相信我，我有經驗，連客語我都懂。」

安黛所謂的「經驗」，是指她與陳韻珍多年後重逢，反省到自己從前因非理性而產生的排斥心理。客家庄中的人對她的突然闖入不僅沒有排斥，反而熱心地為她尋找陳韻珍，不因她是外省人而減少關懷，使她來到客家庄有種「做客」的感覺，而稍加用心後，她也發現客家話還是聽得懂的，只要願意去聆聽。從她與陳韻珍、金水母親的關係轉變為例，黃秋芳在這篇小說中傳達了族群融合的期待與信心，是描寫客家社會與其他族群關係的深刻佳作。

相較於安黛的闖入客家社會，吳錦發的《秋菊》中則出現阿發與永德這兩位客家子弟不能適應外在社會的情況。永德與小朱之間的逢場做戲，放蕩形骸，阿發在都市中迷惑，無法定心，雖然最後兩人都有所覺悟，阿發考上大學，永德也知道自己對小朱其實已有深情，但也都各有遺憾。對阿發來說，美濃客家庄象徵一個淳樸、自然、溫暖的社會，而他與永德讀書的高雄市，則是一個高度物質發達的城市，充滿了誘惑與罪惡，他反省到：「我隱約覺得那好像是我們今日城市與鄉村的距離，我來來往往於這兩個世界求學、生活，在感情的各個方面，常有感到被撕裂般的痛苦。或許有這種痛苦的不只是我一個人吧！這些天，我就清晰地看到了永德也在這個深淵中痛苦掙扎……」㉟隨著客家子弟的大量外移，客家庄的有形組織已趨瓦解，而都市各種多元想法的衝擊，客家庄中無形的傳統道德規範也日漸沒落，這是今日工業化急速發展下的普遍現象，客家社會也不可避免。

探討閩客之間在語言上的衝突，黃娟的〈閩腔客調〉算是代表性的作品，這也是前面提到「福佬語沙文主義」下的一個危機。小說中敘述客家的黃啟東移民美國，福佬籍的范坤祥去探望他，經過交談才發現自己所代表的福佬族群竟在語言上對較少數的客家族群形成不應該有的壓力。閩客族群間的社會關係，在最直接的語言問題上透過一次海外臺灣同鄉會的演講聚會，被赤裸裸地攤開來討論，無怪乎此文一出，就引起海外廣大的迴響。限於篇幅，僅

㉟見吳錦發《秋菊》，晨星出版社，一九九〇年二月，頁七三。

引以下一段對話來說明：

「同鄉會全部使用福佬話，不管是大小聚會都這樣。聽不懂還是小事，不小心說出了別的語言，立刻被當做異己看待，懷有敵意的眼光，真叫人吃不消……」

「同鄉會使用福佬話？那不懂福佬話的人怎麼辦？」

「當然可以不參加啊！可是我們客家人也關心故鄉，也希望為故鄉盡一點兒力……」

「你是說你加入了福佬同鄉會？」

「不，叫臺灣同鄉會。」

「臺灣同鄉會使用福佬話？」

「不，他們管福佬話叫做臺灣話。」

「那客家話呢？」

「就是客家話啊！」

「不也是臺灣話嗎？」

「我們客家人認為客家話也是臺灣話，可是一般人稱臺灣話時，是指福佬話。」

「那麼客家人不是臺灣人嗎？」

「我們當然認為我們也是臺灣人，但是福佬人是不是把我們當做臺灣人，我們可不清楚。」

「我是福佬人，我認為客家人是臺灣人，客家話也是臺灣話之一。」范坤祥連忙這樣說，心中有股近似罪惡的感覺。㊱

然而，當范坤祥與黃啟東一起去參加臺灣同鄉會的演講活動時，卻證實了黃的感受確實是真有其事，連范坤祥都無法忍耐那種氣氛而拉著黃要離開。小說最後是范的反省：「難道說福佬話佔著人數多，竟給了少數族群的客家人這樣大的精神壓力嗎？范坤祥不禁為了自己族群的罪過而顫慄……」由此可見，不同族群之間的鴻溝是存在的，這篇小說將弱小的客家人在異國的艱難處境寫得淋漓盡致，啟人深省。客家族群在面對外在社會的壓力下，素以能忍、肯吃苦的「硬頸」精神著稱，此文中的黃啟東在外用福佬話，可是回到家就絕不講，這是一種不向現實環境低頭下的妥協作法，也可看出客家人對應外在社會的態度。

㊱ 見黃娟《山腰的雲》，前衛出版社，一九九二年六月，頁一一九。黃秋芳在《臺灣客家生活紀事》的序言中也表達了相同的愧疚，她說：「為什麼閩南語要叫做『臺語』？為什麼閩南謠要叫做『臺語歌』？……一直到很久很久以後，身為『多數』的福佬人的我，好像還覺得欠著他什麼。」

也許是本身對「弱勢族群」的感同身受，也可能是早期來臺在山區與原住民有較多接觸的緣故，客家文學作品中有不少地方探討到原、客之間的關係，例如龍瑛宗的〈濤聲〉，寫東部後山一帶「後山客」的生活，背景也在客家庄，主角杜南遠最後坐在海邊沙地上沉思，看到一群阿美族人出現，從他們身上刻鏤著與生活奮戰的痕跡來看，他們才是真正生活的一群，於是他不禁讚歎：「他們是精雕細琢而成的青銅般的雄健漁人」[37]；江茂丹的短篇作品〈死河壩〉寫的是在客家庄中的三個原住民間的故事（收入鍾肇政編《客家臺灣文學選》）；目前執教於政大西語系的彭欽清教授，寫了一些以「客家小品」為名的散文，其中有一篇就提到：「在客家庄與原住民交界處，如筆者家鄉苗栗大湖，常可見許多原住民為了子女上學就業之方便遷居大湖，和漢人混居，大家互相照顧，為族群和諧作了一個最好的詮釋」[38]；曾經喧騰一時、引起社會極大討論的曹族青年湯英伸殺害雇主事件，在客家作品中也有所反映，而且是站在哀矜、批判社會惡質化的立場發言，如黃娟的〈尊姓大名〉中就直言：「湯英伸這個名字，可以說是代表：『漢人統治下的原住民的悲哀』。」從名字的被迫漢化，反

---

[37] 見龍瑛宗《午前的懸崖》，蘭亭書店，一九八五年五月，頁一六九。

[38] 見彭欽清〈族群和諧——從「給」談起〉，收入《心懷客家》，苗栗縣立文化中心印行，一九九五年六月，頁四六。

映出弱勢的原住民在社會發展中的被漠視與萬般無奈[39]；同樣的不平之鳴也發自莊華堂之口，他的小說〈遮住陽光的手〉也是以這個事件為題材，認為這是「被壓抑的人性尊嚴，所激發起的瘋狂行徑」[40]。

從以上的說明中，我們了解客家族群本身在族群關係上早期的封閉性，特別是在婚姻關係上。然而，我們也看到屬於客家社會淳樸、好客的熱情，雖然，客家社會因歷史因素使然，包容性似嫌不足——不僅客家如此，其實每一族群均不免如此——，但我們從他們對原住民的態度上可以看出，族群融合與相互尊重、平等對待的可能性。這個問題不只是客家社會的問題，而是整個臺灣社會都應再思考的重大課題。

陸、客家文學的新視野

隨著臺灣社會工業化、現代化、多元化的急遽發展，傳統客家庄的瓦解，客家子弟的流入都市，已使得客家族群的面目日益模糊，傳統的社會關係也已解構，在這種危機意識的激

[39] 同[36]，頁一六四。

[40] 同[16]，頁二〇〇。

發下，「新个客家人」運動於焉展開，強烈傳達了客家族群認同土地、爭取發言權的信息，正如鍾肇政在〈新个客家人〉詩中所言：

莫再過講頭擺／客家人仰般偉大
莫再過唸頭擺／客家人仰般優秀
莫嫌這塊土地恁細／恩个命脈就在這
莫嫌這塊土地恁瘦／恩个希望也在這
恩大家就係新个客家人。[41]

從族群意識的覺醒出發，客家文學在社會反映上也有了不同以往的表現，一些在客家詩歌創作上積極耕耘的作家，顯然已較客家風味日益稀薄的其他文類的作者更具有客家意識的表現，這些近年來才開始出現的客語詩，不僅在語言上遵守更嚴格的客家定義，而且對客家人的處境、情感有更直接的描繪，例如黃恆秋的〈都市生活〉寫道：

---

41 收入黃恆秋、龔萬灶編《客家臺語詩選》，愛華出版社，一九九五年八月，頁一九六。

長透企到屋門前／看過路人个面色／一包一包个垃圾得到路唇／大家揞等鼻公許無看著。垃圾毋會講話／用佢緊來緊臭个風聲／挷隔壁鄰舍打嘴鼓：核到樓頂个罵樓下个／核到街尾个罵街頭。㊷

顯示出對環保議題的關心，也反映了冷漠的現代社會關係；陳寧貴的〈驚麼个〉則對兩岸關係、中共武力威脅提出看法，他說：

一九九五年閏八月
聽講該片个共產黨
要來攻打佢等
有人講：真得人驚
臺灣一定無辦法抵抗
　要離開……
有人講：佢毋驚

㊷ 同㊶，頁五五。

臺灣人毋係被嚇大
就算會死
也要死在這塊土地
這地方係𠊎个根……㊸

又如彭欽清的〈山歌一首〉：「選舉選到鬧連連，客家選民最可憐；分人騙到笠笠轉，選舉一束踢一片。」㊹道出在選舉中客家人的處境；杜潘芳格的〈平安靈人〉表現出對政治的關懷：「四十年前，目汁雙流，為都二二八𠊎个親人／沒想到四十年後，目汁再流為都天安門。」㊺這些客語詩都充分顯示出他們對這塊土地、這個社會的熱愛與關心；對於有些人在社會關懷與參與上的冷漠，也有作品提出批判，如范文芳的〈看戲〉，第一段寫著：

工廠下，有人為著環境污染抗議圍堵／街路上，有人為著講我母語示威遊行／最安全

㊸ 同㊶，頁七六。
㊹ 見《客家雜誌》第五十六期，一九九五年一月號。
㊺ 見杜潘芳格《朝晴》，笠詩社出版，一九九〇年三月，頁七六。

> 个人生，係／別人去擔風受險／佢來享受佢兜爭來个好處。[46]

作品一向以反映社會現實見長的范文芳，在這首詩中以反諷的筆調批判旁觀者的置身事外、坐享成果，可謂一針見血。

這些客語詩的出現，一方面意味著客家文學在母語寫作上的嘗試與可能，一方面也顯示出在題材上的與時並進，也就是說，新一代的客家文學創作者，已經走出了客家庄，跨越了族群界線，開始融入這塊大家——不論那個族群——共同擁有的土地，昔日揮之不去的悲情意識也逐漸遠去，取而代之的已是以「新个客家人」自勉的覺醒。

五十年來的臺灣文學，客家人從來沒有缺席，而且一直不斷以優秀的作品為整個社會的轉變做見證。我們相信，這些作品將是未來臺灣文學與社會研究（不只是客家研究）所不可忽視的重要史料。從吳濁流、鍾理和到鍾鐵民、藍博洲，或者到黃恆秋、杜潘芳格，我們看到了一個時代的風起雲湧，一個社會的多元轉變，也看到了一種文學新視野的可能。

[46] 同[41]，頁一二八。

三民叢刊書目

①邁向已開發國家　孫震著
②經濟發展啟示錄　于宗先著
③中國文學講話　王更生著
④紅樓夢新解　潘重規著
⑤紅樓夢新辨　潘重規著
⑥自由與權威　周陽山著
⑦勇往直前・傳播經營札記　石永貴著
⑧細微的一炷香　劉紹銘著
⑨文與情　琦君著
⑩在我們的時代　周志文著
⑪中央社的故事(上)・民國二十一年至六十一年　周培敬著
⑫中央社的故事(下)・民國二十一年至六十一年　周培敬著
⑬梭羅與中國　陳長房著
⑭時代邊緣之聲　龔鵬程著
⑮紅學六十年　潘重規著
⑯解咒與立法　勞思光著
⑰對不起，借過一下　水晶著
⑱解體分裂的年代　楊渡著
⑲德國在那裏？（政治、經濟）・聯邦德國四十年　郭恆鈺、許琳菲等著
⑳德國在那裏？（文化、統一）・聯邦德國四十年　郭恆鈺、許琳菲等著
㉑浮生九四・雪林回憶錄　蘇雪林著
㉒海天集　莊信正著
㉓日本式心靈・文化與社會散論　李永熾著
㉔臺灣文學風貌　李瑞騰著
㉕干儛集　黃翰荻著

㉖作家與作品　謝冰瑩著
㉗冰瑩書信　謝冰瑩著
㉘冰瑩遊記　謝冰瑩著
㉙冰瑩憶往　謝冰瑩著
㉚冰瑩懷舊　謝冰瑩著
㉛與世界文壇對話　鄭樹森著
㉜捉狂下的興嘆　南方朔著
㉝猶記風吹水上鱗
・錢穆與現代中國學術　余英時著
㉞形象與言語
・西方現代藝術評論文集　李明明著
㉟紅學論集　潘重規著
㊱憂鬱與狂熱　孫瑋芒著
㊲黃昏過客　沙　究著
㊳帶詩蹺課去　徐望雲著
㊴走出銅像國　龔鵬程著
㊵伴我半世紀的那把琴　鄧昌國著
㊶深層思考與思考深層
・轉型期國際政治的觀察　劉必榮著
㊷瞬　間　周志文著
㊸兩岸迷宮遊戲　楊　渡著
㊹德國問題與歐洲秩序　彭滂沱著
㊺文學關懷　李瑞騰著
㊻未能忘情　劉紹銘著
㊼發展路上艱難多　孫　震著
㊽胡適叢論　周質平著
㊾水與水神
・中國的民俗與人文　王孝廉著
㊿由英雄的人到人的泯滅
・法國當代文學論集　金恆杰著
(51)重商主義的窘境　賴建誠著
(52)中國文化與現代變遷　余英時著
(53)橡溪雜拾　思　果著
(54)統一後的德國　郭恆鈺主編
(55)愛廬談文學　黃永武著
(56)南十字星座　呂大明著
(57)重疊的足跡　韓　秀著
(58)書鄉長短調　黃碧端著
(59)愛情・仇恨・政治
・漢姆雷特專論及其他　朱立民著

⑥⓪蝴蝶球傳奇 顏匯增著
・真實與虛構
⑥①文化啓示錄 南方朔著
⑥②日本這個國家 章陸著
⑥③在沉寂與鼎沸之間 黃碧端著
⑥④民主與兩岸動向 余英時著
⑥⑤靈魂的按摩 劉紹銘著
⑥⑥迎向眾聲 向陽著
・八〇年代臺灣文化情境觀察
⑥⑦蛻變中的臺灣經濟 于宗先著
⑥⑧從現代到當代 鄭樹森著
⑥⑨嚴肅的遊戲 楊錦郁著
・當代文藝訪談錄
⑦⓪甜鹹酸梅 向明著
⑦①楓香 黃國彬著
⑦②日本深層 齊濤著
⑦③美麗的負荷 封德屏著
⑦④現代文明的隱者 周陽山著
⑦⑤煙火與噴泉 白靈著
⑦⑥七十浮跡 項退結著
・生活體驗與思考
⑦⑦永恆的彩虹 小民著
⑦⑧情繫一環 梁錫華著
⑦⑨遠山一抹 思果著
⑧⓪尋找希望的星空 呂大明著
⑧①領養一株雲杉 黃文範著
⑧②浮世情懷 劉安諾著
⑧③天涯長青 趙淑俠著
⑧④文學札記 黃國彬著
⑧⑤訪草（第一卷） 陳冠學著
⑧⑥藍色的斷想 陳冠學著
・孤獨者隨想錄
⑧⑦追不回的永恆 彭歌著
A・B・C全卷
⑧⑧紫水晶戒指 小民著
⑧⑨心路的嬉逐 劉延湘著
⑨⓪情書外一章 韓秀著
⑨①情到深處 簡宛著
⑨②父女對話 陳冠學著

⑨③陳冲前傳　嚴歌苓著
⑨④面壁笑人類　祖慰著
⑨⑤不老的詩心　夏鐵肩著
⑨⑥雲霧之國　合山究著
⑨⑦北京城不是一天造成的　喜樂著
⑨⑧兩城憶往　楊孔鑫著
⑨⑨詩情與俠骨　莊因著
⑩⓪文化脈動　張錯著
⑩①桑樹下　繆天華著
⑩②牛頓來訪　石家興著
⑩③深情回眸　鮑曉暉著
⑩④新詩補給站　渡也著
⑩⑤鳳凰遊　李元洛著
⑩⑥文學人語　高大鵬著
⑩⑦養狗政治學　鄭赤琰著
⑩⑧烟塵　姜穆著
⑩⑨河宴　鍾怡雯著
⑪⓪滬上春秋　章念馳著
⑪①愛廬談心事　黃永武著
⑪②吹不散的人影　高大鵬著
⑪③草鞋權貴　嚴歌苓著
⑪④是我們改變了世界　張放著
⑪⑤夢裡有隻小小船　夏小舟著
⑪⑥狂歡與破碎　林幸謙著
⑪⑦哲學思考漫步　劉述先著
⑪⑧說涼　水晶著
⑪⑨紅樓鐘聲　王熙元著
⑫⓪寒冬聽天方夜譚　保真著
⑫①儒林新誌　周質平著
⑫②流水無歸程　白樺著
⑫③偷窺天國　劉紹銘著
⑫④倒淌河　嚴歌苓著
⑫⑤尋覓畫家步履　陳其茂著
⑫⑥古典與現實之間　杜正勝著
⑫⑦釣魚臺畔過客　彭歌著
⑫⑧古典到現代　張健著
⑫⑨帶鞍的鹿　虹影著
⑬⓪人文之旅　葉海煙著

⑬¹生肖與童年　小　民著　喜　樂圖
⑬²京都一年　林文月著
⑬³山水與古典　林文月著
⑬⁴冬天黃昏的風笛　呂大明著
⑬⁵心靈的花朵　戚宜君著
⑬⁶親　戚　韓　秀著
⑬⁷清詞選講　葉嘉瑩著
⑬⁸迦陵談詞　葉嘉瑩著
⑬⁹神樹　鄭　義著
⑭⁰琦君說童年　琦　君著
⑭¹域外知音　張堂錡著
⑭²遠方的戰爭　鄭寶娟著
⑭³留著記憶・留著光　陳其茂著
⑭⁴滾滾遼河　紀　剛著
⑭⁵王禎和的小說世界　高全之著
⑭⁶永恆與現在　劉述先著

⑭⑦東方．西方

夏小舟　著

東方古老神祕而透徹，溫情而淡漠；西方快樂的吉他演奏悲情的歌。長年浪迹於日本與美國的作者，如同一葉小舟，以其豐富的情感，敏銳地觀察異國生活情趣不同面貌，進而以細膩文筆記錄下來，使讀者能藉由閱讀和其心靈有最深切的契合。

⑭⑧嗚咽海

程明琤　著

作者以行世的闊步、觀想的深情，帶領讀者閱歷世界——一同憑弔瑪雅文明的浩劫災難；吟咏廬山的懸松傲柏；繫情塞歌維亞的夕輝斜映；漫遊唐吉訶德的故鄉。更以人文的關懷，心靈的透悟來探思文化、體驗人生、拓昇智慧。

⑭⑨沙發椅的聯想

梅　新　著

擔任中副總編輯多年，梅新先生經歷了文化界的春去秋來，看多了人事的起伏，由他敏銳的觀察力所發抒成的文字，也更能扣緊時代脈動。本書包含作家訪談、藝文評論、生活自述，透過這些真摯生動的文字，我們彷彿見到一幅筆觸淡雅的文化群相。

⑮⓪資訊爆炸的落塵

徐佳士　著

在日新月異的電動玩具之外，您是否亦曾留意到資訊時代來臨在你我生活中所產生的新情境？在傳播媒體提供的聲光娛樂之餘，您是否關心其後所產生的文化衝擊？本書深入淺出為您剖析資訊社會中大眾傳播激盪下的文化省思，值得您細心體會。

⑮ 沙漠裡的狼

白樺 著

像在冷冽的冬夜裡啜飲著濃烈的茶，感受一種在蒼茫大地上，心海澎湃的震顫。那麼地古老、深沈，剎時間，恍若置身廣闊的大漠，一回首，就是長城。這是金鼎獎作家又一直指人性，內容深刻的作品，請您在一個適合沈思的夜晚，漫步中國。

⑮ 風信子女郎

虹影 著

一本能深刻引起讀者共鳴的小說，其必然與人世現實生活有著緊密的關連。本書作者秉持著對人的命運的關切，遠勝於對以往藝術形式的關注，賦予了文學創作的生命。從本書作者對人物刻劃描述的過程中，可窺知作者對此一理念的堅守。

⑮ 塵沙掠影

馬遜 著

生命的旅途中，有許多可掌握的機運，但似乎一半早已註定……。馬遜教授從故鄉到異國求學，最後來臺定居，繼而與佛結了不解之緣。滿懷豐富的情感，細膩的筆觸，深刻的寫下了旅赴歐美等地之點滴情事，而念舊懷恩之情愫亦時時浮現於文中。

⑮ 飄泊的雲

莊因 著

歲月的洗禮，在人們內心深處烙印著痛苦、悲哀、快樂與美好的回憶。由於時代的變動、戰爭的摧折，作者歷盡滄桑的輾轉遷徙，使那些漂流不定、幻化多變的過往，煥發出人生的智慧。就讓我們乘著飄泊的雲，領會「知足常樂，隨遇而安」的生活哲理。

⑮和泉式部日記

林文月　譯・圖

本書為日本平安時代文學作品中與《源氏物語》、《枕草子》鼎足而立的不朽之作。書中以簡淨的日記形式，記錄了一段不為俗世所容的戀情。優美的文字，纏綿的情詩，展現出愛情生活中細膩的起伏感受與歡愁，穿越時空，緊扣你我心弦。

⑯愛的美麗與哀愁

夏小舟　著

愛情之於女人，常常是引誘飛蛾撲火的明燈，是絢麗的毒花，可女人偏偏渴望愛情。作者列舉許多男女的愛情、婚姻故事，郎才女貌未必幸福，摯情摯愛未必有緣，只是男人與女人之間如同萬物的規則，一物降一物，鹵水點豆腐，魔高一尺，道高一丈。

⑰黑月

樊小玉　著

丁小玎隨著所在的中國公司到國外做勞務承包。因為是公司的英語翻譯，加上辦事勤快，見了人又總是一個柔柔和和的笑，於是很快就引起當地大部分男人的注意；而小玎能否在心儀的外交人員與愛慕自己的餐廳老闆間找到最後情感的歸宿？……

⑱流香溪

季仲　著

作者透過一群「沿江吉普賽人」在流香溪畔發生的動人故事，牽引出現代觀念與傳統文化的價值矛盾、中日文化的碰撞衝突、人與自然的挑戰，以及善與惡的拉扯等；全書行文時而如行雲流水，時而又如波濤洶湧，讀來意趣盎然，發人深省。

⑮ 史記評賞

賴漢屏 著

司馬遷《史記》一三〇篇，既是「究天人之際，通古今之變」的史學鉅著，也是我國古代傳記文學的精華。本書作者自幼即喜讀《史記》，從師學習，如今蘊藉已深，以其深厚的治學基礎，發為見解獨具的文采丰華，帶領讀者一探《史記》博雅的世界。

⑯ 文學靈魂的閱讀

張堂錡 著

文學的力量使孤寂的心靈得到慰藉，貧乏的人生變得富有，唯有肯駐足品味的人才能透晰其所傳達出最深藏的祕密。本書共分三輯，窺視文學蘊含的殷情深意；感受其求新求變以及對大環境的價值。各自激發不盡的聯想與深沈的感動。

⑯ 抒情時代

鄭寶娟 著

在平淡無奇的生活中，你可曾留意生命中點點滴滴不平凡的小故事？作者以其平實的筆觸，刻劃出看似平凡卻令人難以遺忘的人生軌跡，你我都可能身在其中。書中情節所到之處，或許平凡、或許悲傷，但卻也不時充滿著生命的躍動，值得細細體會。

⑯ 九十九朵曇花

何修仁 著

人生有多少夢境會在現實中重複出現？夢境中，是山間的樵歌？是白雲間的群雁？還是昔日遠方純樸、悠閒的鄉漫步？作者來自屏東，以濃郁深摯的筆調，縷縷細述人生中最動人的記憶，伴隨你我步履於南臺灣的舊日情懷，一同感受人間最純摯的情感。

⑯ 說故事的人

彭歌 著

這是作者多年來觀察文壇、社會與新聞界的肺腑之言。輯一故事與小說自不同角度探討小說寫作；輯二人與文刻劃出許多已逝人物卓然不凡的風範；輯三海外生涯則寫遊記、觀賞職籃等旅居海外之觀感。讀了此書，彷彿親身經歷了一趟時空之旅。

⑯ 日本原形

齊濤 著

從明治維新以來，日本的一舉一動都對世界有著深遠的影響，尤其對臺灣來說，其影響更是巨大。作者長期旅日，摒除坊間「媚日」或「仇日」的論調，以客觀的描述，剖析日本的現形。對想要了解日本時勢與脈動的人來說，是不得不看的一本好書。

⑯ 從張愛玲到林懷民

高全之 著

作者以嚴謹誠虔的態度，客觀分析的筆調，來評論臺灣當代小說，深深讓讀者了解近代文學的特點，進而深入九位作者的作品中，提供一些深刻的創見，帶領你我欣賞文學的美與實，進而體驗文學對生命喜悅、悲哀等生動的描述。

⑯ 莎士比亞識字不多？

陳冠學 著

莎士比亞識字不多！一直以來被誤認是個偉大的作者。讀過本書，應能還莎士比亞一個清白，他絕對不是一個掠美者。這把聖火在臺灣重新點燃，希望將來這聖火能夠由臺灣再度傳回英國，傳到世界各地，也好讓莎士比亞的靈魂得到真正的安息。

⑯⑦ 情思・情絲

龔華 著

「妳，像野薑花；清香，混合在黎明裏，催我甦醒。沒有妳，我睜不開眼睛，走進陽光的世界。她，是我在黃昏裏，永遠踩不到的影子。像夜來香，惑我走進黑夜的濃郁……」本書集結了龔華在〈中副〉發表的散文，篇篇情意真摯，意境深遠，值得細細品味。

⑯⑧ 說吧，房間

林白 著

一個是離婚、失業的中年婦女，一個是愛熱鬧的單身貴族。兩個背景、個性迥然不同的女子，為何會發展出一段患難與共的交情？且看兩個女子的心情告白。本書在作者犀利細膩的筆調下，深刻描繪出都會女子的愛恨情仇、悲歡離合，值得細細品味。

⑯⑨ 自由鳥

鄭義 著

六四事件的悲憤情緒才剛平復，對八九民運功過的批判聲音竟已隨之響起。對此，大陸流亡作家鄭義，以一幕幕民運歷程與鐵幕紀實，申訴著他的心痛與不平。文中流露對同胞的關懷和自由的嚮往，深深地牽引著每一個中國人心中的沈痛與感動。

國家圖書館出版品預行編目資料

文學靈魂的閱讀／張堂錡著.--初版.
--臺北市：三民，民87
面；　公分.--(三民叢刊；160)
ISBN 957-14-2718-7（平裝）

855

國際網路位址 http://sanmin.com.tw

© 文學靈魂的閱讀

著作人 張堂錡
發行人 劉振强
著作財產權人 三民書局股份有限公司
臺北市復興北路三八六號
發行所 三民書局股份有限公司
地　址／臺北市復興北路三八六號
電　話／五〇〇六六〇〇
郵　撥／〇〇〇九九九八——五號
印刷所 三民書局股份有限公司
門市部 復北店／臺北市復興北路三八六號
重南店／臺北市重慶南路一段六十一號
初　版 中華民國八十七年一月
編　號 S 81081
基本定價 叁 元
行政院新聞局登記證局版臺業字第〇二〇〇號

ISBN 957-14-2718-7（平裝）